W0290916

Geheimrezepte, Sylt & Seehund

DANA KARLSSON

GEHEIMREZEPTE, SYLT & SEEHUND

Dennis Kimm
Idrottsvägen 6A
155 30 Nykvarn
Schweden
dana@danakarlsson.com

Korrektorat: Ingrid Kimm
Satz und Layout: Dennis Kimm
Umschlaggestaltung: Dennis Kimm mit Canva, canva.com

Kapitel Eins

Ich warf einen letzten Blick auf meine Armbanduhr, dann betätigte ich die Klingel der Kanzlei Cöster & Söhne. Kurz darauf ertönte das elektrische Surren des Türöffners und ich schob die schwere Eichentür nach innen hin auf. Sofort umfing mich der Duft von alten Büchern, poliertem Holz und einem Hauch von Lavendel. Der Eingangsbereich der Kanzlei für Familien- und Erbrecht war klein und gemütlich, in warmen Tönen gehalten. An den vertäfelten Wänden hingen gerahmte Schwarz-Weiß-Fotografien der Kölner Innenstadt aus längst vergangenen Zeiten.

»Herzlich willkommen bei Cöster & Söhne«, begrüßte mich eine ältere Dame hinter einem massiven Schreibtisch aus dunklem Mahagoni. Ihr fester Dutt und die randlose Brille auf der Nase gaben ihr die

Ausstrahlung einer strengen Bibliothekarin, doch ihr Lächeln war freundlich und einladend. »Haben Sie einen Termin?«

»Ja«, sagte ich und nickte. »Olivia Neumann.«

Die Dame prüfte kurz ihren Terminkalender und zeigte dann auf einen der zwei ledernen Sessel vor dem Schreibtisch. »Bitte nehmen Sie Platz, Frau Neumann. Herr Cöster wird Sie in wenigen Minuten empfangen. Darf ich Ihnen einen Kaffee anbieten oder vielleicht ein Wasser?«

Ich lehnte dankend ab und ließ mich auf einem der Sessel nieder. Meine Nerven waren angespannt genug, da konnte ich auf eine zusätzliche Dosis Koffein ruhig verzichten. Ich ließ meinen Blick durch den Raum schweifen, während die altmodische Standuhr an der Wand zu meiner Rechten gemächlich vor sich hin tickte.

Vor zwei Wochen hatte mich das Schreiben der Kanzlei erreicht. Mit wenigen Worten, die kryptischer und formeller nicht hätten sein können, hatte man mir mitgeteilt, dass mir ein Erbe zugefallen wäre. Keine weitere Information, weder zum Umfang noch Genaueres zur Person, die es an mich vermachte. Bloß ein Name: Conrad Hansen. Obwohl ich bereits ein paar Vermutungen hatte, war ich vierzehn lange Tage im Dunkeln geblieben. Wer war der Verstorbene? Was hatte er mir hinterlassen? Eine Million Euro? Eine Finca auf Mallorca? Es konnte alles Mögliche sein.

Nervös spielte ich am Reißverschluss meiner Handtasche herum, während ich auf den Anwalt wartete, der in meinem Fall als Nachlasspfleger agierte. Gerade, als ich aufstehen und zum Fenster gehen wollte, von dem aus man die Kölner Domplatte überblicken konnte, öffnete sich die Bürotür. Ich wendete mich um und blickte in das ernste Gesicht eines Mannes Mitte vierzig. Er hatte ein paar Pfunde zu viel auf den Rippen, doch sein Anzug saß tadellos, während er mir die Hand entgegenstreckte.

»Schönen guten Nachmittag, Frau Neumann«, sagte er mit einer leisen aber festen Stimme. »Es tut mir leid, dass Sie warten mussten. Ich hatte ein wichtiges Telefonat, das sich leider etwas in die Länge gezogen hat.«

Ich stand auf und schüttelte ihm die Hand. »Kein Problem.«

Er trat beiseite und deutete auf den Raum, aus dem er gekommen war. »Kommen Sie, wir gehen in mein Büro. Wir haben einiges zu besprechen.«

Ich folgte ihm und ließ mich schließlich auf einem Stuhl vor seinem Schreibtisch nieder. Er nahm dahinter Platz und legte eine Mappe vor sich hin. Während er sie öffnete und schnell einige Seiten durchblätterte, kam ich nicht umhin, das imposante Bücherregal hinter ihm zu bewundern. Es bedeckte fast die gesamte Rückwand seines Büros. Ob er wirklich alle Bücher gelesen hatte? Oder waren die meisten bloß für die Show, um seine Klienten zu beeindrucken? Ich kicherte still in mich hinein und stellte mit Erleichterung fest, dass mein alberner Gedanke etwas von meiner Anspannung nahm.

»Nun, Frau Neumann. Sicher haben Sie eine Menge Fragen.«

»Das können Sie laut sagen«, schmunzelte ich. »Ihr Schreiben gab ja leider nicht so viel her.«

Er lächelte verlegen und senkte den Blick auf die Papiere vor ihm. »Dann nehme ich an, dass Ihnen der Name Conrad Hansen nichts gesagt hat.«

»Das stimmt. Und das tut er immer noch nicht.«

»Ich verstehe«, sagte Herr Cöster und hob den Kopf. Seine Augen musterten mich eindringlich. »Herr Hansen war Ihr Großvater väterlicherseits. Er verstarb vor etwa vier Monaten.«

Ich runzelte die Stirn, dann nickte ich fast unmerklich. »Ja, das ergibt Sinn. Ich habe meinen Vater und dessen Familie nie kennengelernt. Meine Mutter hat mir erzählt, dass er sie sitzen ließ, als er erfuhr, dass sie schwanger war.«

»Ah, das habe ich bereits vermutet«, sagte Cöster

und erklärte mir, wie man mich ausfindig gemacht hatte. »Herr Conrads konnte mir weder Ihren Vornamen nennen noch den Nachnamen Ihrer Mutter. Er hat erst kurz vor seinem Tod von Ihrer Existenz erfahren.«

Ich schluckte und spürte einen Stich in der Brust. Mein zweiter Großvater. Endlich erfuhr ich, wer er war. Doch wieso erst jetzt? Das diffuse Bild, das ich von meinem Vater hatte, verdunkelte sich. Meine Mutter hatte sich stets geweigert von ihm zu sprechen, hatte mich mit kurzen Worten abgewimmelt, wenn ich nach ihm gefragt hatte. Den Grund dafür konnte ich mir schnell zusammenreimen, doch in diesem Moment verstand ich es umso mehr. Er hatte seinem eigenen Vater die Existenz seiner Enkelin verschwiegen. Oder die Beziehung zum Rest seiner Familie war genauso kaputt wie die zu uns. So oder so, er schien ein richtiger Mistkerl zu sein und ich war froh, dass meine Mutter mich nie ermuntert hatte, ihn aufzusuchen.

Doch meinen Großvater wiederum …

»Haben Sie Ihn getroffen?«

Der Anwalt schüttelte den Kopf. »Nein, der Fall ging an das Nachlassgericht Flensburg. Die Leute dort haben den Großteil der Arbeit erledigt. Ich bin erst später hinzugezogen worden, als feststand, dass sie in Köln wohnhaft sind.«

»Hat er mir eine Nachricht hinterlassen? Wieso hat er mich nicht kontaktiert, als er noch am Leben war?«

»Tja, er kannte Ihren Namen ebenfalls nicht. Sein Testament war auch nicht besonders umfangreich. Es spricht lediglich von seiner *einzigen Enkelin*. Ihren Vater schließt er explizit vom Erbe aus. Von weiteren Familienmitgliedern ist uns auch nichts bekannt geworden. Sie sind die Einzige.«

Cöster machte eine Pause und blättere durch die Unterlagen vor ihm, bevor er ein Blatt hervorzog und es mir über den Tisch zu schob. »Die vollständige Liste seines Nachlasses.«

Ich nahm das Blatt Papier entgegen und überflog die Liste. Sie war kurz. Fünf Stichpunkte beschrieben den Besitz, der auf mich übergehen sollte. Die Möbel, die aus seiner Mietwohnung geschafft worden waren, eine Geldkassette mit knappen dreihundert Euro in Scheinen und Münzen, dreiunddreißig Bücher, eine Sammlung von Backutensilien und einen »braunen Schuhkarton mit Inhalt.«

Ich las den letzten Posten laut vor und runzelte die Stirn. Dann sah ich auf und blickte Herrn Cöster fragend an.

Er lächelnd wohlwollend und hob einen Finger. »Sonderbar, nicht wahr? Einen Moment.« Er beugte sich auf seinem Stuhl zur Seite hinab und ich hörte, wie er die Schranktür seines Schreibtisches öffnete. Als er sich wieder aufrichtete, hielt er den erwähnten Schuhkarton in den Händen und setzte ihn zwischen uns auf den Tisch.

»Darf ich?«, fragte ich und streckte meine Finger zögernd danach aus.

»Nur zu. Er gehört Ihnen, was auch immer er enthält.«

»Sie haben nicht hineingesehen?«

»Selbstverständlich nicht.«

Ich nahm den Schuhkarton vorsichtig in die Hände und spürte das raue, leicht staubige Kartonmaterial unter meinen Fingern. Der Deckel saß fest, als hätte ihn seit Jahren niemand mehr geöffnet. Ein Hauch von altem Papier und Leder stieg mir entgegen, als ich ihn endlich abnahm.

Zuerst entdeckte ich das vergilbte Familienfoto. Die Ränder waren ausgefranst und an einigen Stellen schon fast durchbrochen, das Bild selbst verblasst und blass, wie ein flüchtiger Blick in eine längst vergangene Zeit. Ich zog es behutsam heraus und ließ meinen Blick über die Gesichter der darauf abgebildeten Personen wandern. Die Männer trugen steife Anzüge, die Frauen besaßen jene zeitlose Eleganz, die nur alte Fotografien vermitteln können.

Ich legte das Foto beiseite und nahm den nächsten Gegenstand aus dem Schuhkarton: ein altes Tagebuch mit einem abgenutzten Ledereinband. Der Einband fühlte sich glatt und kühl an, die Ecken waren abgerundet und das Leder hatte an manchen Stellen tiefe Falten und Risse. Als ich es aufschlug, knirschte das alte Papier leise, und ein feiner Staub wirbelte in der Luft auf. Die Seiten waren dicht beschrieben, die Tinte an einigen Stellen verblasst, an anderen noch deutlich zu erkennen. Ein Duft von Vanille und etwas undefinierbar Erdiges stieg mir in die Nase, während ich die erste Seite überflog. Das Datum war der 5. Juni 1951 und während ich die ersten Zeilen las, spürte ich die Neugier in mir wachsen. Wie viel Familiengeschichte verstecke sich wohl auf diesen Seiten? Wollte mein Großvater deshalb, dass ich sein Tagebuch erbte?

Ich schlug es wieder zu und legte es neben das Familienfoto auf den Tisch, bevor mir der letzte Gegenstand ins Auge fiel. Ganz unten im Karton, in einer kleinen Vertiefung, lag der goldene Ring. Er schimmerte im gedämpften Licht des Büros, und als ich ihn aufhob, spürte ich sein angenehmes Gewicht in meiner Hand. Der Ring war kunstvoll gearbeitet, eine Art Wappen detailliert eingraviert. Es sah aus wie eine Sichel mit drei Quersteifen, fast wie Croissant. Ohne darüber nachzudenken strecke ich ihn mir an den

Zeigefinger meiner linken Hand. Er saß perfekt, nicht zu eng und nicht zu lose, und passte erstaunlich gut zu meinen anderen beiden Ringen, die ich am kleinen Finger und am Daumen trug.

»War mein Großvater adlig?«, fragte ich und zeigte Cöster das Wappen auf dem Ring. »Oder was hat es mit dem Ring auf sich?«

Der Anwalt schmunzelte. »Nicht jede Familie mit Wappen hat blaues Blut. Über Ihren Großvater ist mir jedenfalls nichts Derartiges bekannt. Viele bürgerliche Familien tragen ebenfalls ein Wappen und das seit mehreren Generationen. Das ist an sich erstmal nichts Außergewöhnliches.«

»Aber schön ist es.«

Er nickte. »Vielleicht finden Sie eine Antwort in dem Buch.« Dann räusperte er sich und hob den Arm, bevor er einen Blick auf seine Armbanduhr warf. »Ich weiß, dass ich Sie etwas verspätet empfangen habe, allerdings habe ich gleich einen wichtigen Termin mit einem weiteren Mandanten. Würde es Ihnen etwas ausmachen, wenn ich Sie bei Gelegenheit anrufe, damit wir die restlichen Schritte absprechen können?«

Ich hob eine Augenbraue. »Oh ... Ja, das ist schon in Ordnung.« Ich bedankte mich und packte meine Sachen zusammen, bevor wir uns verabschiedeten. Es machte mir nichts aus, früher zu gehen. Ihm war es sichtlich peinlich gewesen, mich vorzeitig zu entlassen, doch um ehrlich zu sein, hätte ich mich sowieso nicht mehr auf etwas anderes konzentrieren können. Je früher ich mich auf den Heimweg begeben durfte, desto mehr Zeit blieb mir, meine neuen Besitztümer zu erforschen und die Geschichte der Familie Hansen einzutauchen.

Kapitel Zwei

Ich wusste nicht, wann ich das letzte Mal so aufgeregt gewesen war, wie an diesem Nachmittag. Der Duft von frisch gebrühtem Kaffee erfüllte meine Wohnküche, während ich den Esstisch deckte. Zwei Teller, zwei Tassen und zwei Gabeln, jeweils eine für mich und meine Mutter. Mit hastigen Schnitten halbierte ich das Puddingteilchen und legte noch ein paar Butterkekse daneben. Das Tagebuch platzierte ich auffällig zwischen Kaffeekanne und Kuchenteller auf dem Tisch.

Ich hatte es schneller durchgelesen, als mir lieb gewesen war und nachdem ich die letzte Seite überflogen hatte, standen zwei Dinge für mich fest: Mein Großvater hatte wirklich keinen Wert auf Schönschrift gelegt und seine Tagebucheinträge würden bei Weitem nicht ausreichen, um meine Neugier zu stillen. Er machte oft große Zeitsprünge und schrieb kryptisch oder nur in kurzen Stichpunkten, was ihm durch den Kopf ging, völlig gleichgültig ob es sich dabei um das Ende des Zweiten Weltkrieges, seine Hochzeit oder die Geburt seines Sohnes drehte. Alles wurde in wenigen Worten abgehandelt, emotionslos und sachlich. Sogar der Tod seiner Frau und die eigene Krebsdiagnose sowie das kurze Leiden danach fanden auf weniger als einer Seite Platz. Und natürlich der allerletzte Eintrag, der an seine unbekannte Enkelin gerichtet war. Seine letzten Worte lauteten: »Ich hoffe, dieses Tagebuch wird seinen Weg zu dir finden.«

Das hatte es getan und trotz aller Knappheit war ich dankbar für den flüchtigen Einblick in sein Leben.

Es klingelte an der Wohnungstür. Ich zuckte zusammen und strich mir die Strähne zurück hinters Ohr, die mir vor Schreck ins Gesicht gefallen war.

»Hey, Mama«, sagte ich und umarmte sie zur Begrüßung, nachdem ich ihr die Tür geöffnet hatte. Ihr dunkelblondes Haar fiel in sanften Wellen über ihre Schultern, während ihr warmes Lächeln die kantigen Gesichtszüge glättete. Sie trug ein schlichtes aber stilvolles Sommerkleid, das ihren schlanken Körper betonte.

»Hallo, mein Schatz«, sagte sie mit ihrer sanften Stimme, die immer eine beruhigende Wirkung auf mich hatte. »Wie geht es dir?«

Ich trat zur Seite und ließ sie eintreten. »Bestens, Mama. Komm rein. Möchtest du einen Kaffee?«

Sie nickte und schloss die Tür hinter sich. »Ja, das wäre schön. Es ist schon eine Weile her, dass wir uns einfach mal zusammensetzen und reden konnten.«

Ja, Mama. Bloß, dass du noch nicht weißt, worüber. Sonst wärst du sicher nicht so gut drauf.

Wir nahmen am Esstisch Platz, ich schenkte uns Kaffee ein und servierte die Teilchen. Ab und an glitt mein Blick auf das Tagebuch, doch meine Mutter hatte es noch nicht bemerkt.

»Was gibt's Neues?«, fragte sie und trank einen Schluck. Dann sah sie mich eindringlich an, während sie ihre Tasse in den Händen hielt und der Dampf ihr Gesicht umspielte. »Irgendetwas ist passiert, nicht wahr? Das sehe ich dir an, Schatz.«

Ich schmunzelte und zerdrückte nervös einen Krümel auf meinem Teller. »Du kennst mich zu gut.« Dann zeigte ich mit der Gabel auf das Tagebuch zwischen uns. »Ich habe tatsächlich etwas zu erzählen, aber ich weiß nicht, ob es dir gefallen wird.«

Sie streckte den Rücken durch und setzte ihre Tasse zurück auf den Unterteller, bevor sie sich mit übereinandergeschlagenen Armen an der Tischkante abstützte. »Jetzt machst du mich aber wirklich neugierig.«

»Mir ist ein Erbe zugefallen.«

»Ein Erbe? Aber von wem? Es ist doch gar keiner …«, begann sie und verstummte. Dann fiel sichtbar bei ihr der Groschen. Ihre Augen weiteten sich und der Mund blieb offen stehen. »Oh … Jemand von *seiner* Seite.«

Ich verschränkte die Arme vor der Brust und lehnte mich auf meinem Stuhl zurück. »Mein Opa, Mama. Mein Opa, den ich nie kennenlernen durfte. Ich weiß, du willst nicht über meinen Vater sprechen, hast es nie gewollt, doch heute will ich Antworten.«

»Schatz …«

»Nein«, sagte ich und streckte herausfordernd das Kinn vor. »Fang bloß nicht wieder so an. Ich weiß genau, was du jetzt wieder sagen willst, Mama, aber ich bin keine dreizehn mehr. Lang genug habe ich mit der Ungewissheit gelebt, habe sie toleriert, ja, sogar akzeptiert. Aber jetzt hat sich alles verändert. Conrad Hansen. So hieß mein Großvater. Wusstest du das?«

Meine Mutter schüttelte den Kopf und seufzte schwer. »Nein, Schatz, das wusste ich nicht. Ich habe die Familie deines Vaters nie kennengelernt. Dazu ist es nie gekommen und darüber bin ich im Nachhinein auch froh. Wer weiß was noch alles passiert wäre, wenn ich mich nicht von ihm getrennt hätte.«

Ich wich zurück, als wollte ich den Worten ausweichen, doch sie trafen mich nichtsdestotrotz. »Was soll das heißen? Ich dachte, er hätte dich sitzen gelassen?«

Wieder ein Seufzen. Sie wich meinen Blicken aus, sah auf ihre Hände hinab. »Dein Vater war kein guter Mensch, Olivia. Können wir es nicht einfach dabei belassen? Er wollte dich nicht und hat mich das mit aller Kraft spüren lassen.«

Ich schluckte, als ich den zittrigen Unterton in ihrer Stimme hörte. »Mama, es tut mir leid, ich …«

»Es ist schon in Ordnung, Liebes. Du verdienst die Wahrheit. Ich habe ihn verlassen. Die beste Entscheidung meines Lebens. Ich glaube, es war ihm recht. Er hat mich nie aufgesucht und ich habe ihn nie wieder gesehen. Wir kamen doch auch gut alleine zurecht, oder?«

Ein warmes Lächeln breitete sich auf meinen Lippen aus. »Aber klar doch, Mama. Du bist und bleibst die Beste.« Ich stand auf und drückte sie.

»Ich liebe dich, Schatz.«

»Und ich dich erst, Mama. Komm, sollen wir noch ein paar Kekse verdrücken, während ich dir von meinem Opa erzähle? Ich glaube, er war kein so schlechter Kerl.«

Meine Mutter lächelte schwach. »Das klingt nach einem guten Kompromiss.«

Ich setzte mich zurück an meinen Platz, schnappte mir das Tagebuch und begann. »Ich glaube, er war ein Konditormeister ...«

Dann erzählte ich ihr über seine Kindheit während des Zweiten Weltkriegs, seine Zeit bei der Marine, und seiner Kehrtwende danach, bei der er seine militärische Laufbahn für eine Lehre als Konditor hinter sich ließ. Und natürlich von Sylt und der eigenen Konditorei, die er sich auf der Nordseeinsel zusammen mit einem nicht näher benannten Geschäftspartner aufgebaut hatte. Einzig die Abkürzung M.K. gab einen Hinweis auf die Identität des anderen Eigentümers.

Während ich sprach, strich ich über den abgenutzten Ledereinband des Tagebuchs und schlug es an einer wahllosen Stelle in der Mitte auf. Als ich langsam weiter blätterte, fiel plötzlich ein gefaltetes Blatt Papier heraus. Es glitt lautlos auf den Tisch und landete neben dem Kuchenteller.

»Huch?«, sagte ich und hob es auf. Vorsichtig faltete ich es auf. Das Papier war leicht brüchig und mit derselben krakeligen Handschrift beschrieben, wie der Rest des Tagebuchs. Neugierig betrachtete ich die

Schriftzüge, die sich schnell als Kuchenrezept entpuppten.

»Schau mal.« Ich schob es meiner Mutter über den Tisch zu. »Ob wir hier auf eine seiner Kreationen gestoßen sind?«

Sie beugte sich nach vorne, ihre Augen neugierig und aufmerksam, dann überflog sie die Liste der Zutaten. »Oh, Safran? Spannend. Und die Mengenangaben für die Creme sind auch sonderbar, findest du nicht?«

Ich nickte. »Sehr spezifisch. 265 Gramm. Auf das Gramm genau. Und ein Hauch von Rosenwasser? Was bewirkt das überhaupt?«

Wir steckten unsere Köpfe zusammen und grübelten über die Torte, die mein Opa offenbar erfunden hatte. Nicht nur die Zutaten waren außergewöhnlich, auch die Art der Zubereitung las sich als Laie wie mich nicht gerade trivial. Conrad Hansen hatte sogar genaue Instruktionen zur Zusammenstellung und Präsentation der fertigen Torte gegeben.

»Ob wir gerade sein Geheimrezept gefunden haben?«, schmunzelte meine Mutter.

»Ja«, nickte ich und legte es vorsichtig zurück zwischen zwei Seiten des Tagebuchs. »Das könnte man glatt behaupten.«

Ein Hauch von Wehmut durchfuhr mich, weil mir

bewusst wurde, dass ich nie dazu kommen würde, meinen Großvater danach zu fragen. Doch immerhin stärkte mich dieses Gefühl in meinem Verlangen danach, mehr über ihn und sein Schicksal herauszufinden.

Kapitel Drei

»Hast du schon irgendwas gefunden?«, fragte ich, während mein Daumen über das Display meines Smartphones huschte, um durch die neuesten Resultate meiner Google-Suche zu scrollen.

»Nichts«, sagte Maja, die mit meinem Laptop auf dem Schoß neben mir auf dem Sofa saß. Als meine beste Freundin hatte ich sie natürlich ohne zu zögern in die Geschichte eingeweiht und gebeten, mir bei der Recherche zu helfen. Sie fuhr sich mit einer Hand durch ihre blonden Haare, in die eine auffällige, blaue Strähne gefärbt war, die ihr ein künstlerisches und zugleich rebellisches Aussehen verlieh. Ihre grünen Augen, die hinter kreisrunden Brillengläsern funkelten, starrten wie gebannt auf den Bildschirm.

»Es ist zum Verzweifeln. Ich habe jetzt etliche

Kombinationen ausprobiert. Conrad Hansen und Sylt. Conrad Hansen und Konditorei. Conrad Hansen und Bäckermeister. Aber es gibt viel zu viele von denen. Und die, die es gibt, passen nicht zu meinem Großvater.«

»Hansen ist jetzt auch nicht gerade der seltenste Nachname. Besonders wenn es um Norddeutschland geht.«

»Ja«, seufzte ich. »Es gibt eine Konditorei Conrad Hansen & Söhne in Emden, aber das ist Ostfriesland und nicht Sylt. Außerdem scheint der Mann noch zu leben und ist gerade mal Anfang sechzig.« Ich hielt Maja mein Handy hin, um ihr das Gruppenfoto des Familienunternehmens zu zeigen.

Sie kicherte. »Gruselig, wie ähnlich ihm seine drei Söhne sind. Fast wie Klone.«

Ich atmete geräuschvoll durch die Nase aus. »Stimmt. Aber das hilft uns auch nicht weiter. Außerdem ist die Konditorei, die wir suchen, vor fast zehn Jahren abgebrannt. Und wir kennen sogar das Datum.«

»Zumindest ungefähr. Denn der Eintrag muss ja nicht unbedingt am gleichen Tag geschrieben worden sein. Aber schau mal hier. Das könnte uns helfen.« Jetzt war Maja an der Reihe, mir ihren Bildschirm zuzuwenden. »Ich habe ein Online-Archiv der Stadt

Flensburg gefunden. Da gibt es Kopien alter Lokalzeitungen. Vielleicht findet sich da ja auch was über Sylt und den Brand in der Konditorei.«

»Puh. Glaubst du, das ist die Mühe wert? Wenn wir Pech haben, gibt es hunderte von Zeitungen, die wir da durchsuchen müssen.«

Maja verzog den Mund. »Na, wie's ausschaut, hast du nicht unbedingt eine bessere Idee auf Lager.«

Meine Schultern sackten nach vorne. »Da hast du auch wieder recht. Schick mir mal den Link.«

Wir verbrachten eine knappe Stunde damit, das Online-Archiv zu durchsuchen, doch am Ende mussten wir uns trotzdem geschlagen geben. Es fand sich nichts über einen Brand auf Sylt in der Zeit des gegebenen Datums.

»Das hat doch alles keinen Zweck«, sagte ich und warf mein Smartphone neben mir aufs Sofakissen.

Maja sah mich verstohlen von der Seite aus an und fuhr sich mit dem Zeigefinger über die Lippen. Dann legte auch sie den Laptop beiseite und drehte sich zu mir um. Sie nahm meine Hände in ihre und drückte sie. »Eine Idee hätte ich da noch, aber ich weiß nicht, ob sie dir gefallen wird.«

Ich hob eine Augenbraue. »Ich höre.«

»Dein Vater. Vielleicht ist es doch an der Zeit, dass du mal versuchst, Kontakt mit ihm aufzunehmen.«

Ich zog meine Hände zurück und verschränkte die Arme vor der Brust. »Kommt nicht in Frage, Maja.«

»Er kann dir mit Sicherheit mehr über seine Seite der Familie erzählen.«

»Mag sein, aber ich werd den Teufel tun und ihn aufsuchen. Ich bin fünfunddreißig Jahre ohne ihn klargekommen und schaffe das jetzt auch.«

»Ich meine ja nur, Liv. Das wäre sicher der schnellste Weg.«

Ich prustete lautstark los. »Das sagst du so einfach. Aber es hat schon seinen Grund, warum meine Mutter mir nie von ihm erzählen wollte. Warum sie sich getrennt haben, bevor ich überhaupt geboren war. Warum sie mir noch immer nicht die volle Wahrheit erzählen will. Und weißt du was? Ich will es überhaupt nicht mehr wissen. Will ihn nicht treffen, nicht kennenlernen. Ich will nicht mal wissen, wie er heißt. Er ist ein Mistkerl, das ist alles, was ich wissen muss.«

»Okay, okay.« Maja nickte und hob beschwichtigend die Hände. »War ja nur ein Vorschlag. Bist du mir böse?«

»Nein«, sagte ich und endlich verschwand der dunkle Unterton aus meiner Stimme. Natürlich war ich ihr nicht wirklich böse, doch hätte sie noch weiter darauf beharrt, wäre es vielleicht soweit gekommen.

»Und jetzt vergessen wir das Thema bitte. Es muss eine andere Möglichkeit geben.«

Maja lehnte sich mit den Kopf an meine Schulter. »Du könntest selbst nach Sylt reisen und auf Spurensuche gehen.«

»Ich weiß nicht. Wo würde ich da überhaupt anfangen? Ich weiß noch nicht einmal genau, wo er gewohnt hat. Geschweige denn, wo seine alte Backstube gewesen ist.«

»Die alte Adresse kannst du sicher von deinem Anwalt erfahren. Von da aus kannst du seine alten Nachbarn befragen. Wer weiß, vielleicht hatte er noch Freunde oder entfernte Verwandte auf der Insel, die dir den Rest seiner Geschichte erzählen können.«

»Hmm«, raunte ich und starrte aus dem Fenster in der Dachschräge. Der Wind blies hart über die Dächer von Mülheim und in just diesem Moment brachen die Wolken auf und die Abendsonne kam zum Vorschein. »Eigentlich wollte ich im Spätsommer ja mit dem Rucksack durch Europa reisen. Meine Tickets sind zwar umbuchbar, aber ...«

»Tu es!«, sagte Maja und gab mir einen Klaps aufs Knie. »Sylt ist wunderschön. Da kannst du auch was erleben. Es ist zwar nicht so aufregend wie Backpacking, aber dafür kannst umso besser abschalten und entspannen. Und zwischen Strand und Meer und

Inselfeeling kannst du gleichzeitig die Geschichte deiner Familie entdecken.«

Ich gluckste vergnügt. »Wenn ich es nicht besser wüsste, könnte man meinen, du arbeitest für den lokalen Tourismusverband.«

»Meine Eltern und ich sind zu meiner Kindheit schon öfter dort gewesen. Glaub mir, ich übertreibe nicht.«

»Okay, Okay. Ich überleg's mir. Aber erstmal brauch ich etwas zu essen. Ich bin am Verhungern, wie steht's mit dir?«

»Oh ja«, lachte Maja. »Wie wär's mit dem neuen Thailänder um die Ecke? Ich lad dich auch ein!«

»Was soll ich da noch großartig sagen? Auf geht's!«

Kapitel Vier

Gute zwei Wochen später ließ ich mich von meinen Arbeitskollegen in den Urlaub verabschieden und tauschte mein Bürooutfit gegen luftige Sommerkleidung ein. Der August meinte es dieses Jahr besonders gut mit uns und falls man dem Wetterbericht glauben konnte, würde sich das schöne Wetter bis in den September hinein halten. Ich packte trotzdem ein paar wärmere Klamotten ein, denn man konnte ja nie so genau wissen. Außerdem wehte an der Nordsee oft ein rauerer Wind als in Köln.

Am Morgen danach nahm ich den HKX nach Hamburg, wo ich eine Nacht bei einer alten Freundin aus der Uni verbrachte. Es war schön, über alte Zeiten quatschen und an etwas anderes denken zu können, als das unerwartete Erbe und das eigentliche Ziel meiner

Reise. Auch wenn es nur für einen Abend sein sollte. Ich ließ mich von ihr durch verschiedene Kneipen in St. Pauli ziehen und schaute am Ende vielleicht doch etwas zu tief ins Glas. Doch wir hatten Spaß, und das war die Hauptsache. Deshalb war es auch nur halb so schlimm, dass ich am darauffolgenden Morgen verkatert und mit einem Schokocroissant bewaffnet, das ich mir zusammen mit einem Kaffee am Bahnhofskiosk gekauft hatte, in den nächsten Zug stieg. Der Regionalexpress von Hamburg sollte mich innerhalb von drei Stunden nach Westerland bringen. Vorfreude stieg in mir auf, als ich den Wagen betrat und mir ein gemütliches Abteil mit Fensterplatz suchte. Wenn ich schon nicht Europa mit dem Zug durchqueren durfte, dann wenigstens Norddeutschland.

Der Zug setzte sich in Bewegung, und langsam rollten wir durch die Vororte Hamburgs. Ich steckte mir meine Kopfhörer ins Ohr und machte es mir mit meinem Lieblingspodcast gemütlich, während ich den Blick aus dem Fenster schweifen ließ. Die Stadt wich schnell einem Wechselspiel aus Industrieanlagen und Wohngebieten, die sich mit jeder Minute weiter aufzulösen schienen. Bald schon tauchten die ersten weiten Felder auf. Hier und da sah ich Bauernhöfe, deren rot gedeckte Dächer sich von dem satten Grün der Felder abhoben.

Als wir weiter nordwärts rollten, begann die Landschaft, sich zu verändern. Die Felder wurden von Weiden abgelöst, auf denen Kühe und Schaf grasten. Kleine Dörfer mit reetgedeckten Häusern tauchten auf, malerisch eingebettet in die grüne Weite. Ich konnte die nordische Gemütlichkeit fast spüren, die diese Gegend so einzigartig machte.

Es war irgendwo hinter Itzehoe, als mir jemand auf die Schulter tippte und mich zusammenzucken ließ. Ich drehte mich herum und sah in das freundliche Gesicht eines attraktiven Mannes in meinem Alter. Er sagte irgendwas zu mir, doch ich hörte kein Wort davon, denn meine Ohren waren erfüllt von der Intro-Melodie der nächsten Folge des Podcasts.

»Moment«, sagte ich und zog meine Kopfhörer aus den Ohren. »Sorry, ich hab leider nichts verstanden.«

Der Mann lächelte verlegen. »Ich wollte nur fragen, ob der Platz gegenüber schon besetzt ist.«

Ich sah auf meine Reisetasche und die Jacke, die ich gedankenlos auf die freien Sitze gelegt hatte. »Gott, ja klar. Tut mir leid für das Chaos hier.« Eilig stand ich auf und stopfte meine Sachen auf die Ablage über unseren Köpfen. Dann setzte ich mich wieder und deutete unbeholfen auf die nun freien Sitzplätze.

Der Mann schmunzelte und nickte vergnügt,

bevor er sich mir gegenüber niederließ. Ich zögerte, mir meine Kopfhörer zurück ins Ohr zu stecken, rechnete damit, dass er noch etwas sagen würde, doch er packte prompt ein Buch aus und begann zu lesen. *Na denn*, dachte ich mit unerwarteter Enttäuschung, und widmete mich ebenfalls wieder meinem Unterhaltungsprogramm. Warum war ich enttäuscht? Was hätte er schon groß sagen sollen? Wenn mir etwas an einer Unterhaltung gelegen hätte, hätte ich ihn ja selbst ansprechen können. Nein. Ein stiller Nachbar war um Weiten besser, als jemand, der einem ein müdes Ohr laberte. Also hielt ich den Mund und sah wieder aus dem Fenster.

Trotzdem schielte ich ab und an in seine Richtung. Er sah wirklich gut aus. Ich schätzte ihn auf Ende dreißig. Er hatte ein markantes Gesicht und mit Dreitagebart, der ihm eine gewisse Lässigkeit verlieh. Seine braunen Haare waren leicht zerzaust, als hätte er gerade erst den Wind der Küste hinter sich gelassen. Seine Augen schimmerten in einem tiefen Grün, während er entspannt in seinem Sitz zurückgelehnt war und in seinem Buch versank.

Ich ermahnte mich, ihn nicht so anzustarren. Was war bloß in mich gefahren?

»Die Fahrkarten bitte.«

Die Stimme des Schaffners riss mich aus den

Gedanken. Ich hatte mich schon vor einer halben Ewigkeit gewundert, wann ich endlich kontrolliert werden würde. Wo war jetzt nur bloß mein Ticket? Ich hatte es doch neben mich gelegt, oder täuschte ich mich da? Ich war mir fast sicher. Während der attraktive Fremde pflichtbewusst seine Fahrkarte präsentierte, ließ ich den Blick durch unsere Kabine schweifen, doch ich sah meine eigene nirgendwo liegen.

»Moment, ich habe mein Ticket hier irgendwo …«, begann ich, während ich eilig meine Handtasche durchwühlte. Meine Finger fanden alles von Ladekabel über Taschentüchern bis hin zu meinen Haustürschlüsseln. Bloß kein Ticket. Meine Suche wurde immer hektischer, und ich spürte, wie mir die Röte ins Gesicht stieg. Der Schaffner schaute mich schon leicht genervt an.

»Kann ich vielleicht irgendwie helfen?«, fragte der Fremde plötzlich. Seine Stimme klang tief und beruhigend, doch das half mir herzlich wenig.

»Oh, nein, danke. Ich hab's gleich«, murmelte ich, obwohl ich mich innerlich schon völlig aufgelöst fühlte. Ich hob den Kopf und schaute zu meiner Reisetasche auf der Kofferablage über mir. Beim Aufstehen passierte es dann: Ein lautes, reißendes Geräusch ertönte und ich spürte, wie mein Kleid nachgab und ein kalter Luftzug meine Beine umspielte. Ein Schauer von Scham überrollte mich, als ich an mir hinabsah und mit Schrecken feststellen musste, dass sich mein Kleid an einer hervorstehenden Schraube verfangen hatte und beim Aufspringen zerrissen war.

Ich erstarrte, unfähig zu glauben, was gerade passiert war. Meine Unterwäsche war nun deutlich sichtbar, und ich fühlte die Blicke des Fremden und des Schaffners auf mir brennen.

»Ähm … hier, das Ticket«, sagte der Fremde schließlich, und reichte dem Schaffner meine Fahrkarte, die offensichtlich zwischen unseren Sitzen auf den Boden gefallen war. Ich konnte den Ausdruck auf seinem Gesicht nicht ganz deuten, aber seine Augen funkelten leicht belustigt, als er mir seine Jacke reichte. »Vielleicht hilft das ein bisschen.«

»D-Danke«, stotterte ich, unfähig, mich klar auszudrücken. Ich zog die Jacke um mich und fühlte, wie meine Ohren vor Scham glühten. Der Schaffner nahm die Fahrkarte entgegen, kontrollierte sie und gab sie mir mit einem knappen Nicken zurück.

Gott, war das alles peinlich. Ich wünschte, ich könnte unsichtbar werden und für immer von hier verschwinden.

»Kann ich irgendwas tun?«, fragte der Fremde mit einem Hauch von Besorgnis in der Stimme.

Ich nickte heftig, unfähig, ihm dabei in die Augen zu sehen. »Meine Reisetasche. Könntest du mir die bitte bringen?«

»Selbstverständlich.« Er stand auf, nahm die Reisetasche von der Kofferablage und legte sie neben mich auf den freien Sitzplatz.

»Danke.« Sofort öffnete ich den Reißverschluss und wühlte durch meine ordentlich gepackten Kleider. Nach einer Weile, die sich viel zu lange anfühlte, fand ich endlich ein anderes Kleid und zog er heraus.

Ich reichte ihm die Jacke zurück und wickelte das unversehrte Kleid um meine Taille. Dann schnappte ich mir meine Handtasche und stand auf.

»Ich ...«, begann ich und schluckte, wieder nicht im Stande, einen vernünftigen Satz auf die Reihe zu kriegen. »Ich gehe mich mal umziehen und etwas frisch machen, und so.«

Er lächelte etwas unbeholfen und nickte, dann senkte er den Blick - Gott sei Dank - wieder in seinem Buch. Ich lief schleunigst zur nächsten Toilette, schloss die Tür hinter mir ab und begutachtete mich im Spiegel. Es war mir schleierhaft, wie eine kleine herausstehende Schraube so viel Schaden anrichten konnte, doch mein Kleid war von meinen Kniekehlen bis hoch zu meinem Hintern aufgerissen. Meine Unterwäsche war unter dem Riss deutlich zu erkennen.

Oh Gott, das kann doch echt nicht wahr sein. Und sie haben es beide gesehen, der Schaffner und er.

Der Schaffner konnte mir eigentlich egal sein, aber ich musste mir noch über eine Stunde lang das Abteil mit dem Fremden teilen. Wie sollte ich das überstehen, ohne dabei vor Scham im Boden zu versinken? Vielleicht sollte ich einfach den Sitzplatz wechseln. Oder konnte ich den Rest der Fahrt einfach in der Toilette hier verbringen?

Mach dich nicht lächerlich.

Ich zog das kaputte Kleid aus und schlüpfte in das Neue, tauschte das sommerleichte Blau gegen ein dunkles Grün. Es mochte verrückt klingen, doch der perfekte Sitz des Kleides über meiner Taille schenkte mir zusammen mit der erdenden Farbe neuen Mut. Ich verließ die Toilette erhobenen Hauptes und versuchte, die ganze Geschichte zu verdrängen. Es war schließlich völlig egal. In etwas mehr als einer Stunde würden wir uns zum Abschied blöd zu nicken und danach nie wieder sehen. Was spielte es also schon groß für eine Rolle?

Doch als ich zurück zu meinem Sitzplatz kam, war der attraktive Fremde verschwunden. Sein Platz war frei, die Jacke fort. Kein Buch, keine Tasche. Wo war er hin? Ich drehte mich einmal im Kreis und ließ der Blick durch den Rest des Wagens schweifen. Er war nirgends zu sehen. Hatten wir inzwischen an der nächsten Station gehalten? Ich konnte mich nicht daran erinnern, irgendwo angehalten zu haben. Vielleicht fand er die Situation selbst unheimlich peinlich und hatte die Chance ergriffen, ihr zu entfliehen. Ich hielt diese Möglichkeit für am wahrscheinlichsten und war ihm insgeheim dankbar dafür, dass er sich umgesetzt hatte. Dadurch blieben mir weitere peinliche Blicke und erzwungener Smalltalk erspart.

Ich packte mein zerstörtes Kleid in meine Reisetasche, legte sie zurück auf die Kofferablage und setzte mich wieder mit dem Podcast auf den Ohren ans Fenster zurück und sah nach draußen. Die Landschaft, durchzogen von kleinen Kanälen und Wasserläufen, beruhigte mich. Vögel schossen über das Wasser, und ich konnte Fischreiher und Möwen beobachten, die in der Ferne kreisten. Es fühlte sich an, als ob dic Zeit hier langsamer verlief, die Natur einen ruhigeren Rhythmus vorgab. Als der Zug schließlich den Hindenburgdamm erreichte, öffnete sich vor uns das Panorama der Nordsee und langsam aber sicher keimte Vorfreude in mir auf. Endlich hier, endlich Sylt. Was würde mich erwarten? Was würde ich finden? Ich konnte es plötzlich kaum mehr abwarten ...

Kapitel Fünf

Als ich den Bahnhof Westerland verließ, begrüßte mich ein flotter Wind, der prompt mein Haar zerzauste. Ich fühlte mich glatt wie einer der knallgrünen reisenden Riesen, die sich auf dem Vorplatz gegen den Wind zu lehnen schienen. Ich erinnerte mich daran, etwas über das umstrittene Kunstprojekt gelesen zu haben, und verstand sofort, was die Kritiker an den Skulpturen auszusetzen hatten. Sie waren weder hübsch anzusehen, noch besonders lustig, aber trotzdem konnte ich einer Handvoll Touristen dabei zusehen, wie sie vor den grünen Riesen für Urlaubsbilder posierten. Ich rollte mit den Augen und ging weiter. Zum Glück war mir der Mann aus dem Zug nicht mehr begegnet. Weder beim Aussteigen noch später am Gleis. Auch jetzt war er nirgends zu sehen.

Ich schaute flüchtig über meine Schulter, während ich weiter über den Bahnhofsvorplatz spazierte.

Keine Spur von ihm. Sehr gut. Das darf gerne so bleiben.

Ich machte an einer Bank halt, setzte meine Reisetasche ab und holte mein Handy hervor, um sicherheitshalber noch einmal die Buchungsdetails meiner Pension zu überfliegen. Check-in ab 14 Uhr. Ich hatte also noch zwei Stunden totzuschlagen.

Als mir die Bäckerei einer bekannten Kette ins Auge fiel, bekam ich eine spontane Idee. Warum mit meiner Suche warten, bis ich meine Unterkunft bezogen hatte? Ich war hier und diese Backstube war so gut wie jede andere, die Fährte nach dem Leben von Conrad Hansen aufzunehmen.

Ich öffnete die schwere Glastür und wurde vom angenehmen Duft süßer Teigwaren empfangen. Die Einrichtung der Bäckerei war modern, aber ohne jeglichen Charme. Glatte, weiße Fliesen bedeckten den Boden, die Wände waren in einem kühlen Grau gestrichen. Die Theke aus Edelstahl und Glas erstreckte sich über die gesamte Länge des Raumes. Dahinter lagen die Backwaren sauber in Reih und Glied, jede Sorte ordentlich beschriftet.

Typisch Kettenbäckerei eben.

Nichts an der Einrichtung oder dem Angebot

deutete darauf hin, dass es sich bei dem Geschäft um einen Laden mit Tradition und Geschichte handelte. Doch was hatte ich schon groß zu verlieren? Vielleicht hatte ich ja Glück und einer der Angestellten wusste von der Konditorei meines Großvaters.

Eine Verkäuferin, gekleidet in eine weiße Schürze mit dem Logo der Bäckerei, lächelte mir zu und begrüßte mich herzlich. »Was darf es für Sie sein?«

Da sich mein Magen tatsächlich zu Wort meldete, ließ ich den Blick noch einmal über die ausgelegten Backwaren schweifen und entschied mich kurzerhand für ein belegtes Roggenbrötchen. »Und einen Cappuccino, bitte.«

»Sehr gerne. Sie können schon mal Platz nehmen, ich bringe Ihnen dann alles.«

Ich bezahlte und suchte mir einen freien Tisch am Fenster, von dem aus ich den Bahnhofsvorplatz überblicken konnte. Während ich auf mein Frühstück wartete, betrachtete ich die vorbeigehenden Menschen und ging in Gedanken noch einmal alles durch, was ich im Tagebuch entdeckt hatte. Wahrscheinlich würde es nicht schaden, wenn ich es noch einmal von vorne las.

Nach einigen Minuten kam die Verkäuferin mit meiner Bestellung zum Tisch und reichte mir das Brötchen und den Cappuccino. »Bitteschön, ich hoffe, Sie lassen es sich gut schmecken. Wenn es sonst noch etwas sein darf, sagen Sie einfach Bescheid.«

»Vielen Dank«, sagte ich und zögerte kurz. »Ich hätte da tatsächlich noch eine Frage.«

»Ja?«, antwortete sie und blieb stehen, bevor sie mich neugierig ansah.

»Haben Sie zufällig schon einmal etwas von einer alten Konditorei hier auf Sylt gehört, die vor etwa zehn Jahren abgebrannt sein soll?«

Sie runzelte die Stirn und schüttelte bedauernd den Kopf. »Tut mir leid, davon habe ich noch nie gehört. Aber ich kann mal den Chef fragen, vielleicht weiß der mehr.«

»Das wäre großartig, danke.«

Sie verschwand in Richtung der Backstube, und ich nahm einen Bissen von meinem Brötchen, während ich ihr hoffnungsvoll hinterher sah. Gerade als ich einen Schluck von meinem Cappuccino trinken wollte, erschien die junge Frau wieder, diesmal in Begleitung eines älteren Mannes mit schneeweißem Haar und einer Schürze, die mit Mehl bestäubt war. Er strahlte eine gewisse Autorität aus, die nur aus jahrelanger Erfahrung in einer Backstube entstehen konnte.

»Moin, ich bin Thomas, der Bäcker hier. Meine Kollegin meinte, Sie hätten Fragen zu einer alten Konditorei?«

»Ja, genau«, sagte ich hoffnungsvoll. »Mein Großvater soll hier irgendwo auf Sylt eine Konditorei gehabt haben, die vor etwa zehn Jahren abgebrannt ist. Leider habe ich ihn vor seinem Tod nie kennengelernt und versuche, mehr über ihn zu erfahren.«

Thomas kratzte sich nachdenklich am Kopf und schürzte die Lippen. »Hmm, das sagt mir leider nichts. Aber ich bin auch erst vor sieben Jahren aus Bremerhaven umgesiedelt. Tut mir leid.«

Ich zwang mich zu einem Lächeln. »Danke trotzdem. Einen Versuch war es wert.«

Er nickte und war bereits wieder im Begriff, sich umzudrehen, als er einen Zeigefinger hob und ihn hin und her wackelte, als wäre ihm gerade etwas wichtiges eingefallen. »Aber wissen Sie was? In Kampen gibt es eine alte Bäckerei. Die ist schon mindestens zwanzig Jahre im Geschäft. Ich kenne den Bäckermeister dort ein wenig. Ein richtiges Urgestein. Wenn jemand von Ihrem Großvater gehört hat, dann er. Schauen Sie mal bei der »Bäckerei Nielsen« vorbei und fragen nach Harry.«

Ich setzte meine Tasse ab und verkippte vor Aufregung einen Schluck Cappuccino auf die Untertasse. »Das klingt ja vielversprechend. Tausend Dank für den Tipp.«

»Kein Problem«, lächelte er. »Ich hoffe, Sie

finden, was Sie suchen. Manchmal erreicht man die erstaunlichsten Dinge heraus, wenn man nur hartnäckig genug ist.«

Als der Bäcker wieder in seiner Backstube verschwunden war, holte ich mein Handy hervor, um die soeben gesammelten Hinweise aufzuschreiben. Dann lehnte ich mich zurück und genoss der Rest meiner Mahlzeit. Nach dem holprigen Start meiner Reise schien sich alles doch in die richtige Richtung zu entwickeln und ich sah mit Vorfreude dem Rest des Tages entgegen.

Doch spätestens, als ich die Pension erreichte und darauf wartete, einzuchecken, wurde ich gezwungen, diese Überzeugung noch einmal zu überdenken …

Kapitel Sechs

Die Pension lag nicht unweit vom Weststrand entfernt und war gut zu Fuß zu erreichen. Eingebettet in eine idyllische Dünenlandschaft, bot das charmante Reetdachhaus den perfekten Rückzugsort für gestresste Städter wie mich. Die weißen Fensterläden und die blauen Türen erinnerten an die traditionellen friesischen Häuser, während der gepflegte Vorgarten mit seinen bunten Blumenbeeten und duftenden Kräutern zum Verweilen einlud.

Ich wartete jedoch auf der Parkbank auf der anderen Seite der Steinmauer, denn laut den Anweisungen, die ich per Email erhalten hatte, würde mich die Besitzerin Ruth dort empfangen. Darüber hinaus hatte sie mir in einer weiteren Nachricht mitgeteilt, dass sie heute Mittag einen Arzttermin hatte und erst gegen kurz nach zwei zurück sein würde. Ein kurzer Gang zur Klingel, den ich mir trotz allem nicht verkneifen konnte, bestätigte mir, dass niemand zuhause war.

Die Sonne stand hoch am wolkenlosen Himmel, während ich auf meiner Bank Platz nahm. Eine sanfte Brise wehte vom Meer herüber und brachte den salzigen Duft der Nordsee mit sich. Die Dünen hinter dem Häuschen glitzerten im Sonnenlicht, und das lange Dünengras wiegte sich sanft im Wind. Der Bürgersteig auf meiner Seite des Hauses gehörte zu einer malerischen Wohnstraße, die letzten Endes zum Strand führte. Vereinzelte Menschen zogen an mir vorbei, manche mit Badesachen, andere gingen mit ihren Hunden spazieren.

Plötzlich hörte ich das leise Surren eines herannahenden Fahrrads. Ich schaute auf und wünschte mir unmittelbar, ich hätte es nicht getan. Da war er wieder. Der attraktive Fremde aus dem Zug. Er radelte auf mich zu, die Haare im Wind wehend und der Nase der Sonne entgegengestreckt. Ein Jutebeutel hing über seiner Schulter und im Körbchen, das am Lenker angebracht war, standen zwei Stangen Baguette in Papiertüten.

Bitte schau jetzt bloß nicht in meine Richtung.

Panik setzte ein. Ich senkte den Blick und

versuchte, beschäftigt auszusehen. Mit den Fingern in meiner Handtasche vergraben, tat ich so, als würde ich nach etwas suchen.

Bitte nicht, bitte nicht, bitte nicht.

»Hey!«, hörte ich ihn rufen. »Das ist ja eine Überraschung.«

Na großartig.

Ich ließ meine Handtasche in Ruhe und sah zu ihm hoch, während ich mich um meine beste Unschuldsmiene bemühte.

»Hey. Zufälle gibt's.«

»Hattest du noch eine gute Weiterreise?«, fragte er und stieg vom Rad ab. »Ich hatte ja ein schlechtes Gewissen, dass ich deine Sachen einfach so unbeaufsichtigt gelassen habe, aber ein alter Freund ist mir im Zug über den Weg gelaufen und hat darauf bestanden, dass ich mich zu ihm setze.«

»Schon ok«, lächelte ich und dachte gleichzeitig an meinen verlängerten Aufenthalt auf der Zugtoilette. »Hat alles gut geklappt.«

»Schön. Blau steht dir übrigens auch sehr gut.«

»Danke«, murmelte ich und holte mein Handy hervor, um auf die Uhr zu sehen.

Okay, schön. Jetzt radel bitte weiter.

»Wartest du hier auf jemanden oder genießt du bloß das schöne Wetter?«, fragte er.

Ich wollte ihm wirklich nicht verraten, wo ich meinen Urlaub verbringen würde, aber anlügen wollte ich ihn auch nicht. Schließlich hatte er mir nichts getan. »Meine Vermieterin. Ich habe ein Zimmer in der kleinen Pension hinter mir gebucht.«

»Ach, das ist ja lustig. Noch so eine Überraschung. Meine Mutter kommt bestimmt gleich nach Hause. Komm, ich lasse dich schon mal rein.«

»Wa-Wie bitte?«, stammelte ich, während er sein Fahrrad an mir vorbeischob und das Gartentor öffnete.

Das kann doch jetzt echt nicht wahr sein.

»Das Häuschen gehört meiner Mutter. Ich helfe ihr während den Sommermonaten ein bisschen mit der Verwaltung und administrativem Kram aus.«

»Wohnst du auch hier?«, war die erste Frage, die mir in den Sinn kam und ich schaffte es nicht, etwas besseres über die Lippen zu bringen.

Er grinste vergnügt. »Ja, wir haben alle unser kleines Zimmer hier. Meine Mutter, ich, und jetzt du.« Nachdem er sein Fahrrad neben der Haustür abgestellt hatte, holte er einen Schlüsselbund aus der Hosentasche und schloss uns auf. »Wie du sicher schon auf unserer Homepage gelesen hast, bieten wir dir die Basics für ein gesundes Frühstück an. Aber wenn du willst, kannst du sogar mit uns zu Abend essen. Meine Mutter liebt es, für ihre Gäste zu kochen.«

»Oh, das klingt echt lieb.«

»Ich bin übrigens Chris.«

Ich schüttelte seine Hand. »Olivia.«

Dann traten wir ein.

Sobald wir die Tür hinter uns geschlossen hatten, umfing mich ein angenehmer Duft von frisch gebackenem Brot und einem Hauch von Lavendel. Die kleine Eingangshalle war gemütlich eingerichtet. An den Wänden hing eine Handvoll Inselfotos, und eine kleine Holzbank mit bunten Kissen lud zum Verweilen ein. Ein altes Schiffssteuerrad, das an der Wand darüber befestigt war, verlieh dem Raum zusätzlichen Charme.

»Dann lass mich dich mal herumführen«, sagte Chris. »Die Treppe rechts führt nach oben zu den Gästezimmern. Hier links geht es zu unserem Gemeinschaftsraum, der zugleich als Esszimmer und Aufenthaltsraum dient.«

Ich folgte ihm. Die weiß getünchten Wände und die freiliegenden Deckenbalken verliehen dem Raum eine luftige, aber dennoch behagliche Atmosphäre. Große, bodentiefe Fenster ließen viel Licht herein und boten einen herrlichen Blick auf die Dünenlandschaft. In der Mitte des Raumes stand ein langer Holztisch, der offensichtlich schon viele gesellige Abende erlebt hatte. Umgeben war er von verschiedenen Stühlen, die alle liebevoll zusammengestellt und individuell gestaltet waren. Eine Ecke des Raumes war als Leseecke eingerichtet, mit einem alten, bequemen Sessel, einer Stehlampe und einem Bücherregal, das von klassischen Romanen bis hin zu aktuellen Bestsellern alles bot. Ein Modell eines Segelboots und eine Sammlung von Muscheln und Treibholzstücken schmückten die Regale und verstärkten das maritime Flair.

»Hier verbringen wir die meisten unserer Abende«, sagte Chris, während er mich durch den Raum führte. »Meine Mutter hat ein Händchen für Dekoration. Sie liebt es, den Raum immer wieder neu zu gestalten.«

Er zeigte auf eine durch einen Vorhang abgetrennte Nische. »Dort drüben ist unsere kleine Teeküche. Falls du nachts mal Hunger hast oder einen Tee machen möchtest, bedien dich einfach.«

Wir gingen weiter durch den Raum, bis wir zu einer weiteren Tür kamen, die in eine kleine, aber gut ausgestattete Küche führte. Ein großer Holztisch in der Mitte war vollgestellt mit verschiedenen Kräutertöpfen, und an den Wänden hingen Kupfertöpfe und -pfannen. Der Duft von Rosmarin und Thymian erfüllte die Luft. Über dem Tisch hing ein Netz, das mit Seesternen und kleinen Holzfischen dekoriert war, und an der Fensterbank standen bunte Gläser mit Sand und Muscheln.

»Und hier zaubert meine Mutter ihre Meisterwerke«, sagte Chris stolz und öffnete die Kühlschranktür, um mir eine Auswahl an hausgemachten Marmeladen und Aufstrichen zu zeigen. »Du musst unbedingt ihre Brombeermarmelade probieren. Die ist ein Traum.«

Schließlich führte er mich die knarrende Treppe hinauf zu meinem Zimmer. Die schmalen Fenster in den Fluren boten immer wieder Ausblicke auf das Meer und weckten das Verlangen in mir, endlich zum Strand hinauszulaufen und das Wasser zwischen meinen Zehen spüren zu können.

Mein Zimmer war ebenso liebevoll eingerichtet wie der Rest des Hauses. Ein großes, gemütliches Bett mit einer handgefertigten Tagesdecke dominierte den Raum. An den Wänden hingen maritime Bilder, darunter ein alter Druck eines Wals und ein Gemälde von einem Leuchtturm. Eine alte, mit Muscheln gefüllte Glasvase stand auf dem Nachttisch, und ein kleines Fischernetz, das mit Miniaturbooten und -ankern geschmückt war, hing über dem Bett.

»So, hier bist du also. Fühl dich ganz wie zuhause«, sagte Chris und überreichte mir den Schlüssel.

»Meine Mutter wird sicher bald da sein. Wenn du irgendetwas brauchst, sag einfach Bescheid.«

»Vielen Dank«, sagte ich und ließ meinen Blick noch einmal durch den Raum schweifen. Es war genau der Rückzugsort, den ich mir erhofft hatte. Außerdem schien Chris tatsächlich kein schlechter Kerl zu sein und erwähnte unser peinliches Treffen im Zug mit keiner weiteren Silbe. Er sparte sich jegliche Witze und dumme Sprüche und schien den Vorfall komplett hinter sich gelassen zu haben. Vielleicht sollte ich dasselbe tun und nach vorne blicken. Peinlich hin oder her. Was spielte es schon für eine Rolle, was er von mir hielt? Klar sah er verdammt gut aus, und wer blamierte sich schon gerne vor einem attraktiven Mann, den man gerade erst getroffen hatte? Aber er war ja bloß der Vermieter meiner Ferienwohnung. Außerdem war ich nicht hier, um mir einen Mann zu angeln, sondern um mehr über die Familie meines Großvaters herauszufinden.

Kapitel Sieben

Nachdem Chris mir den Schlüssel übergeben hatte, zeigte er mir noch den kleinen Schuppen neben dem Haus, in dem drei Fahrräder geparkt waren.

»Du kannst dir eins ausleihen, wann immer du willst. Auf Sylt gibt es über zweihundert Kilometer an Radwegen zu erkunden.«

»Super«, sagte ich und fuhr mit den Fingern über den Sattel eines pinkfarbenen Damenrads, das von der Größe her perfekt zu mir passen sollte. »Ich glaub, ich mach direkt mal eine kleine Tour.«

Chris grinste und hob eine Hand in Richtung Himmel. »Nur zu, du hast das Wetter auf deiner Seite. Brauchst du eine Karte?«

»Ich komme schon zurecht und wenn ich alleine

nicht zurückfinde, habe ich ja immer noch Google Maps auf dem Handy.«

Er antwortete, in dem er mir den Daumen hoch zeigte, und ging zur Steinmauer, um mir das Gartentor aufzuhalten. »Viel Spaß! Und nicht vergessen, wenn du Lust hast, bist zu herzlich zum Abendessen eingeladen.«

»Wie viel Uhr?«

»So gegen sechs.«

»Da bin ich bestimmt wieder hier.«

Wir verabschiedeten uns, bevor ich mich auf den Sattel schwang und davonradelte. Ich plante fest damit, zum Abendessen zurückzusein, denn ich wollte unbedingt auch Ruth kennenlernen, schließlich hatte ich vor meiner Ankunft alles mit ihr geregelt gehabt. Aber zuerst hatte ich ein anderes Ziel. Nachdem ich mich vom Haus entfernt hatte, hielt ich kurz an und schaute auf meinem Smartphone nach, dass ich mich tatsächlich in die richtige Richtung aufgemacht hatte. Dann suchte ich mir eine ungefähre Route heraus und fuhr drauf los. Ich mied die Hauptstraße und schlängelte mich durch Siedlungen und Nebenstraßen, bis ich eine gute halbe Stunde später in Kampen eintrudelte.

Als ich glaubte, die richtige Straße gefunden zu haben, parkte ich mein Fahrrad und sah mich um. Die

Luft roch nach Salz und Meer, vermischt mit einem Hauch von frischem Brot. Irgendwo hier musste die Backstube sein, die mir der Bäcker in Westerland empfohlen hatte. Ich atmete tief ein und folgte meinem Bauchgefühl, das mich zu einer kleinen, versteckten Gasse führte. Dort entdeckte ich ein winziges Schild, das über einer alten Holztür hing: »Bäckerei Nielsen«.

Ich öffnete die Tür, die mit einem leisen Klingeln aufschwang, und trat ein. Sofort umfing mich der warme Duft von frisch gebackenem Kuchen und Kaffee. Es war, als hätte ich eine andere Welt betreten. Die Wände waren in warmen, hellen Farben gestrichen und mit alten Bildern von Sylt und der Nordsee dekoriert. Sonnenlicht strömte durch die großen Fenster und warf ein goldenes Licht auf die Holzböden, wodurch eine angenehme, einladende Atmosphäre entstand.

Der Raum war erfüllt von leisen Gesprächen und dem Klappern von Geschirr. In einer Ecke saßen zwei ältere Damen, die sich über eine Tasse Tee und ein großes Stück Friesentorte beugten. Am Tresen bediente eine zierliche Frau in einer traditionellen Schürze die Gäste. Ihre Augen leuchteten freundlich, als sie mich bemerkte.

Ich trat näher und betrachtete die Auslage. Dort

fand sich eine Fülle norddeutscher Backspezialitäten wie Rote-Grütze-Törtchen, Sanddornkuchen und hausgemachte Franzbrötchen, die mir das Wasser im Mund zusammenlaufen ließen. Hinter dem Tresen schimmerte ein großes Blech Buttermilchkuchen, dessen goldbraune Kruste verlockend glänzte.

»Was darf es heute für Sie sein?«, fragte die Frau hinter dem Tresen und schenkte mir erneut ihr warmes Lächeln.

»Ein Croissant zum Mitnehmen«, sagte ich, weil ich darauf hoffte, als zahlende Kundin auf extra Hilfsbereitschaft zu stoßen, wenn ich nach meinem Großvater fragte.

»Sehr gern, darf es sonst noch etwas sein?«

Ich legte passendes Kleingeld in die Schale auf dem Tresen. »Ja, ich hätte da noch eine Frage.«

Die Verkäuferin hob eine Augenbraue, während sie mir die Papiertüte mit meinem Croissant überreichte. »Schießen Sie los.«

»Ich bin auf der Suche nach mehr Informationen über eine alte Konditorei hier auf Sylt. Sie soll vor etwa zehn Jahren in einem Brand zerstört worden sein.«

Sie nahm das Geld aus der Schale und schmunzelte mich an. »Lassen Sie mich raten. Sie sind Reporterin? Oder vielleicht schreiben Sie ein Buch?«

»Leider ist es nichts so Aufregendes. Die Konditorei soll meinem Großvater gehört haben …«, begann ich und erzählte ihr kurz und knapp, was ich schon ihrer Kollegin in Westerland erzählt hatte. Dabei griff ich in meine Handtasche, zog das Tagebuch heraus und legte er demonstrativ zwischen uns auf den Tresen. Ich wusste nicht genau, warum ich es überhaupt mitgeschleppt hatte, aber es fühlte sich richtig an, es ihr zu zeigen. Ich schlug die Seite auf, in der die Konditorei zum ersten Mal erwähnt wurde und tippte mit dem Zeigefinger auf die Stelle.

»Und das bringt mich hier zu Ihnen nach Kampen«, sagte ich schließlich und packte das Tagebuch wieder ein. »Mir wurde gesagt, ich soll hier nach einem Harry fragen.«

Die Verkäuferin schenkte mir einen mitleidsvollen Blick. »Da würde ich Ihnen wirklich gerne helfen, aber Harry ist selbst momentan mit seiner Familie im Urlaub und kommt erst in zwei Wochen wieder zurück.«

Enttäuschung überkam mich wie eine kalte Dusche. »Oh, ich verstehe. Und Sie? Haben Sie schon einmal was davon gehört?«

Sie schüttelte mit dem Kopf. »Leider nein.« Dann sah sie an mir vorbei, um einen anderen Kunden zu grüßen, der soeben an den Tresen getreten war.

»Vielen Dank trotzdem«, sagte ich und verabschiedete mich, um nicht noch mehr von ihrer Zeit in Anspruch zu nehmen.

Ich seufzte leicht, als ich mich herumdrehte. Vielleicht war das hier doch nicht die richtige Herangehensweise. Schließlich konnte ich nicht jede Bäckerei auf Sylt abklappern. Stattdessen entschloss ich mich, der nächsten Spur auf meiner Liste zu folgen. Die alte Wohnung, die mein Großvater vor seinem Tod gemietet hatte, lag nach Angaben von Herrn Cöster in einem Wohngebiet im Süden von Westerland.

Während ich zurück zur Eingangstüre der Bäckerei ging, fiel mir ein mürrisch dreinblickender Mann auf. Er strich sich mit hageren Fingern durch seinen langen, weißen Bart, der ihn wie einen Zauberer aussehen ließ, während seine dunklen Augen mich wachsam verfolgten. Er war mir sofort unbehaglich, doch ich spielte die fröhliche Touristin und lächelte, bevor ich ihm zunickte und zur Tür ging.

Komischer Kauz.

Doch ich machte mir nicht weiter etwas daraus. Manche Menschen besaßen nun mal eine etwas eigenartige Natur. Ich vertrieb das Bild von ihm aus meinem Bewusstsein und ging zurück nach draußen an die frische Luft und genoss den Duft nach Salz und Meer und Sonne.

Es war Zeit für eine weitere Radtour.

Kapitel Acht

Auf der Rückfahrt nach Westerland ließ ich mich treiben, ohne Stress, ohne Druck, genoss den Ausblick und hielt irgendwo auf halber Strecke in Strandnähe an, um mit Aussicht aufs Meer mein Croissant zu genießen. Frisch gestärkt und mit dem Wind im Rücken, vergingen auch die letzten Kilometer wie im Fluge.

Etwa fünfundvierzig Minuten nach meiner Abfahrt aus Kampen kam ich bei der Adresse an, die ich mir auf meinem Handy notiert hatte. Ich war umgeben von gewöhnlich aussehenden Wohnungshäusern, roter Klinker, soweit das Auge reichte, von Reetdächern keine Spur. Mein Blick fiel auf Mülltonne, auf der ein hässliches Graffiti gesprüht war.

Vom Charme der Insel war hier nicht viel zu spüren. Ich zuckte mit den Achseln.

Was hast du auch erwartet? Sylt ist schließlich nicht nur ein Urlaubsparadies, sondern auch ein ganz normales Zuhause für tausende von Einheimischen.

Laut Klingelanlage bot das Haus Platz für sechs Parteien. Die Knöpfe der Klingeln waren abgenutzt und verfärbt und das Plastik über den Namensschildern vergilbt und zerkratzt. Doch nur vier der sechs Klingeln waren mit einem Namen versehen. Ich ging davon aus, dass eine der freien Wohnungen meinem Großvater gehört hatte. Wobei ich das nicht mit Sicherheit sagen konnte. Vielleicht war seine Wohnung in der Zwischenzeit weitervermietet worden.

Ich drehte mich um und ließ den Blick über den etwas trostlosen Innenhof schweifen. Niemand zu sehen. Dann wandte ich mich wieder den Klingeln zu und ließ meinen Zeigefinger für einen Augenblick über den untersten Knopf schweben, der zu »A. Becker« gehörte. Wollte ich das wirklich tun? Jeden Anwohner anklingeln und über meinen Großvater ausfragen? Mein Arm wurde schwer und bevor ich es mir anders überlegen konnte, drückte ich auf den Messingknopf der Klingel.

Sekunden vergingen, nichts passierte.

Dann knisterte es plötzlich in der Sprechanlage,

bevor sich eine kratzige Frauenstimme meldete. »Hallo?«

Ich räusperte mich. »Ja, hallo, entschuldigen Sie die Störung. Olivia mein Name, ich bin die Enkelin von Conrad Hansen.«

»Der wohnt hier nicht mehr.«

»Ich weiß. Es ist vor einigen Monaten verstorben«, sagte ich und schluckte, weil ich nicht wusste, ob seine Nachbarschaft über sein schreckliches Schicksal Bescheid wusste.

»Das stimmt. Verfluchter Krebs. Und Sie sind wirklich seine Enkelin? Soweit ich wusste, hatte er keine große Familie.«

»Ja, aber das ist etwas kompliziert. Ich habe erst nach seinem Tod von ihm erfahren.«

Wieder knisterte es im Lautsprecher, dann blieb alles still.

»Hallo?« Ich runzelte die Stirn.

Gerade als ich mir eingestehen wollte, dass die gute Dame mich im Stich gelassen hatte, sah ich einen Schemen hinter dem milchigen Glas der Eingangstür auftauchen. Der elektrische Türöffner summte, dann schwang die Tür auf und eine grauhaarige Dame mit eingefallenem Gesicht musterte mich mit achtsamen Augen. Sie wirkte grimmig und blieb für einen langen Augenblick stumm. Dann hellte sich ihr Ausdruck auf und sie schenkte mir ein breites Lächeln, das eine Reihe falscher Zähne offenbarte.

»Olivia, sagtest du, war dein Name?«

Ich nickte, sagte jedoch nichts.

»Bitte entschuldige, dass ich dich nicht sofort mit offenen Armen empfangen habe, aber man liest immer so viel über Betrüger in der Zeitung.« Sie schnalzte mit der Zunge und schüttelte mit dem Kopf. »Aber deine Augen, Liebes. Die gehören unverkennbar zu einem Hansen. Als würde mich der alte Conrad anschauen.«

Mein Herzschlag beschleunigte sich und ich vergaß für einen Moment, etwas zu erwidern. »Ich … ähm … verstehe schon. Man kann nie vorsichtig genug sein, da haben Sie absolut recht.«

Sie winkte ab und drehte sich halb in Richtung Treppenhaus um. »Hör bloß mit dem Sie auf. Ich bin die Astrid und du kannst du zu mir sagen. Willst du eine Tasse Kaffee?«

Ich atmete erleichtert aus und folgte ihr ins Innere. »Vielen Dank, das wäre echt nett.«

Die alte Dame wohnte im Erdgeschoss und zeigte auf die erste Tür von links, bevor sie beiseite trat, um mir den Vortritt zu lassen. Ihre Wohnung war klein, vielleicht zwei Zimmer, da ich außer der Wohnküche kein Schlafzimmer entdeckte. Die Einrichtung war altbacken aber mit maritimen Charme. In einer Glasvitrine gab es Porzellanpuppen und Flaschenschiffe und ein vollständiges Geschirr-Set mit blau-weißen Mustern und Seefahrermotiven.

»Setz dich schon mal, ich komme sofort. Der Kaffee ist frisch gemacht.«

Ich nahm am Esstisch Platz und strich mit der Hand über das handgestrickte Tischdeckchen mit geknoteten Fransen.

»Milch? Zucker?«, fragte Astrid, als sie eine dampfende Tasse vor mir abstellte.

Ich lehnte dankend ab und wartete, bis sie sich mir gegenüber hingesetzt hatte. »Danke, dass Sie …«, begann ich und korrigierte mich sofort, als ich ihren Blick bemerkte. »Dass *du* mich so herzlich empfangen hast. Wie ich schon vorhin gesagt habe, durfte ich meinen Großvater leider nie kennenlernen. Ich wusste nichts über ihn, bis er mir sein Tagebuch vermacht hat.« Ich öffnete meine Handtasche und reichte Astrid das Buch.

Sie nahm es entgegen und blätterte ein wenig darin herum, bevor sie es mir zurückgab. »Das tut mir sehr leid zu hören. Conrad war ein wirklich netter Mensch, auch wenn er sehr zur Verschlossenheit geneigt war. Ich war sehr traurig, als ich von seinem Tod erfahren habe.«

»Kannst du mir etwas mehr über ihn erzählen?

Seinen groben Lebenslauf habe ich zwar seinem Tagebuch entnehmen können, aber es ist mir immer noch schleierhaft, wie er so als Person gewesen ist.«

»Ich glaube, ich war vielleicht zwei, drei Mal bei ihm zum Kaffeetrinken, doch nah an sich herangelassen hat er niemanden so richtig.« Astrid sah mich mitleidsvoll an und fügte schnell hinzu: »Für ein gutes Schwätzchen war er aber stets zu haben. Ansonsten, ja, ich weiß auch nicht. Ich glaube, er hatte viele Sorgen mit seinem Sohn. Er hat mir ab und zu von ihm erzählt. Von Schulden und Spielsucht, von seiner Flucht in die USA. Die beiden kamen wohl nicht sehr gut miteinander aus.«

Meine Augen weiteten sich und ich bemerkte, wie meine Finger begonnen hatten, mit den Fransen der Tischdecke zu spielen. »Ja, meine Mutter hatte schon so etwas angedeutet, was meinen Vater anbelangt. Ihn habe ich ebenfalls nie kennengelernt, aber je mehr ich über ihn höre, desto weniger stört mich das.«

»Conrad war nicht so wie sein Sohn, so viel sei gesagt. Ein anständiger Mann, ehrgeizig und fleißig. Ich glaube, er hat sogar mal einen Preis für einen seiner Torten gewonnen.«

»Oh, wirklich?«, fragte ich, nachdem mir diese neue Erkenntnis ein Lächeln auf die Lippen gezaubert hatte. »Weißt du vielleicht wann und wo das war?«

Astrid schüttelte den Kopf und nippte an ihrem Kaffee. »Tut mir leid, Liebes. Das ist schon wirklich lange her. Das war kurz nachdem er hier hingezogen ist. Lange bevor alles den Bach herunterging.«

»Ich verstehe. Aber die Konditorei. Ich habe gelesen, dass sie vor zehn Jahren abgebrannt ist. Weißt du, wo die gewesen ist? Gibt es das Gebäude noch? Ich hätte gerne mehr darüber gehört, aber ich finde einfach nichts dazu.«

»Aber ja, das war in Wenningstedt. Eine traurige Geschichte. Hat den armen Kerl völlig aus dem Konzept gebracht. Soweit ich weiß, hat er danach die Backschürze an den Nagel gehängt. Das hat ihm schwer zugesetzt. Was das Gebäude angeht, wurde alles ein paar Jahre später vollständig saniert und umgebaut. Neue Besitzer, neues Geld. Mittlerweile ist dort auch ein anderes Geschäft, ich glaube, ein Nähladen.«

»Sagen dir die Initialen M.K. etwas? Ich glaube, das war sein Geschäftspartner.«

Astrid nickte und stellte ihre Tasse ab. »Ja, ich weiß, dass er die Konditorei mit einem anderen Mann gegründet hat. Ich habe ihn einmal im Treppenhaus gesehen. Aber ich weiß weder wie er heißt noch was aus ihm geworden ist. Sicher hättest du eine Menge Fragen an ihn, aber leider kann ich dir da nicht weiterhelfen.«

Ich lächelte ihr gutmütig zu und spürte, wie sich eine wohlige Wärme in meinem Herzen breitmachte. »Das hast du aber. Wirklich. Ich bin dir so dankbar für die Puzzleteile zu seinem Leben.«

»Ach, Liebes, das ist süß von dir. Ich wünschte, ich könnte dir noch mehr von ihm erzählen, aber leider hat er mich nie näher in sein Leben gelassen.«

Als sie das sagte, zog ein schmerzvoller Ausdruck über ihr Gesicht, und ich ahnte, dass etwas tieferes dahinter stecken konnte. Unerwiderte Liebe konnte diesen Effekt haben, das wusste ich aus eigener Erfahrung, doch ich wagte es nicht, meine Frage dazu laut auszusprechen. Doch falls eine gutherzige Frau wie Astrid Becker tatsächlich Gefühle für meinen Großvater gehabt hätte, würde das mehr über ihn aussagen, als ich mir jemals von meinem Besuch hätte erhoffen können.

Kapitel Neun

»Herzlich willkommen, Olivia!«, sagte Ruth Dirksen und gab mir eine kräftige Umarmung, als wäre ich nicht nur ihr Feriengast, sondern die verlorene Tochter, die endlich heimgekehrt war. Sie war eine stattliche Dame Ende sechzig und eine Hausfrau wie sie im Buche stand, klein und rundlich, mit hochgestecktem Haar und einer Kochschürze, die ihren Flecken nach zu urteilen schon tausende von Mahlzeiten überstanden hatte. »Mensch, wie schön, dass du hier bist. Ich hoffe, es hat alles gut geklappt mit deiner Anreise?«

Ich schmunzelte und schielte zu Chris herüber, der gerade einen großen Kochtopf auf den Esstisch stellte. Er schien seiner Mutter nicht zugehört zu haben, oder war zumindest geübt darin, so zu tun. »Ja, bis auf ein paar kleine Problemchen.«

»Ohne die geht's nie!«, lachte Ruth und machte eine wegwerfende Handbewegung. »Immerhin bist du jetzt hier und das ist die Hauptsache. Komm, setz dich! Ich hoffe, du hast Hunger.«

»Und wie.« Ich nahm ihr gegenüber Platz und bewunderte den reichlich gedeckten Tisch. Um den großen Topf in der Mitte standen kleine Schälchen mit frisch geschnittenen Kräutern, grobem Meersalz und Pfeffer, dazu gab es Baguette und Butter. Ein verlockender Duft von Tomaten und Meeresfrüchten lag in der Luft.

Ruth nahm den Deckel vom Topf und der warme, würzige Dampf schlug mir entgegen. »Das ist mein Geheimrezept«, sagte sie stolz. »Eine tomatige Fischsuppe, die ich von meiner Großmutter gelernt habe. Es gibt nichts Besseres an einem solchen Abend.«

Die Erwähnung ihrer eigenen Großmutter weckte ein sehnsüchtiges Gefühl in mir, doch ich ignorierte es und machte Ruth stattdessen ein Kompliment zu ihren Kochkünsten.

»Darf es vielleicht ein Glas Weißwein für die Damen sein?«, fragte Chris, als er aus der Küche kam, drei Gläser in der einen Hand und eine Flasche Pinot Bianco in der anderen.

»Mich brauchst du nicht zu fragen, Sohnemann«, sagte Ruth.

Ich nickte ebenfalls und lehnte mich auf meinem Stuhl zurück, um Chris Platz zu geben, das Glas neben meinen Teller zu stellen und mir einzuschenken. »Danke dir.«

»Auf unseren neuesten Gast«, sagte Ruth und hob ihr Glas, nachdem Chris sich endlich an den Tisch gesetzt hatte.

»Ihr macht mich ja ganz verlegen«, sagte ich und stieß mit den beiden an. »So herzlich bin ich noch nie irgendwo begrüßt worden.«

»Dann warst du noch nie bei einem Dirksen zu Gast«, sagte Ruth und lachte auf.

Ich sah zu Chris, der neben seiner Mutter Platz genommen hatte. Er lächelte höflich und nippte an seinem Weinglas, doch ich konnte ihm förmlich ansehen, dass er sich nicht völlig wohl mit dem Energieniveau seiner Mutter fühlte. Als sich unsere Blicke trafen, spürte ich ein elektrisierendes Kribbeln und musste mich zwingen, wieder wegzusehen. Da war etwas in seinen Augen, eine Tiefe, eine stille Schönheit, die mich wie aus dem Nichts traf und aus der Fassung brachte.

Jetzt beruhig dich bloß. Was würde Maja wieder sagen? Das liegt nur daran, dass du zu lange Single bist.

Ich schmunzelte unfreiwillig über den imaginären Kommentar meiner Freundin und räusperte mich. »Jetzt bin aber mal gespannt. Was ist denn alles in der Suppe drin?«

»Oh, eine ganze Menge«, sagte Ruth und zwinkerte mir zu. »Aber glaub nicht, dass du mir so leicht mein Geheimrezept entlocken kannst. Komm, reich mir deinen Teller, dann lege ich dir auf.«

Die Suppe schmeckte fantastisch. Jeder Löffel war ein Fest der Sinne, die perfekte Kombination aus saftigen Tomaten, zarten Fischstücken, Krabben und Muschelfleisch und dem subtilen Aroma von frischen Kräutern. Ruth hatte nicht übertrieben – es war wirklich die beste Fischsuppe, die ich je probiert hatte. Ich schloss die Augen und genoss den Moment, die Wärme der Suppe, das ständige Lachen von Ruth und das sanfte Klirren der Gläser als wir erneut anstießen.

»So, Olivia«, sagte sie dann. »Erzähl uns doch mal, was dich so nach Sylt getrieben hat. Wie eine Party-Biene siehst du mir nicht aus, sonst hättest du auch nicht unser kleines aber feines Zimmer gebucht. Suchst du Erholung und Entspannung, oder bist vielleicht doch auf der Jagd nach einem neuen Mann?« Sie unterbrach sich selbst mit einem herzlichen Lachanfall, während mir angesichts der persönlichen Frage die Hitze ins Gesicht stieg. Ich unterdrückte den plötzlichen Drang, mich auf die Toilette zu entschuldigen und trank stattdessen einen extragroßen Schluck Wein.

Wer weiß? Vielleicht verträgt Ruth ja nichts und neigt schon nach einem halben Glas zu unangemessen Gesprächsthemen.

Sie ließ sich von meinem Schweigen nicht aus der Stimmung bringen zu lassen und fügte hinzu: »Falls es Letzteres sein sollte, kann ich dir mit bestem Gewissen meinen Sohn empfehlen. Er scheint nämlich wirklich Schwierigkeiten damit zu haben, eine passende Schwiegertochter für mich zu finden.«

Okay, da spricht definitiv der Wein aus ihr.

»Mama, jetzt ist aber mal gut«, sagte Chris mit einer gespielten Ernsthaftigkeit in der Stimme, doch an dem belustigten Funkeln in seinen Augen merkte ich sofort, dass er an die Sprüche seiner Mutter gewohnt war und sie mit Gelassenheit über sich ergehen ließ.

»Mama, jetzt ist aber mal gut«, knurrte Chris zwischen zusammengepressten Zähnen hervor. Seine Augen funkelten, aber ich konnte nicht genau erkennen, ob es aus Irritation oder Belustigung war. Ich hoffte insgeheim auf Ersteres. Es wäre kosmische Gerechtigkeit, wenn die Reihe nun an ihm war, sich ordentlich zu blamieren. Nach meiner Tollpatschigkeit im Zug wäre die Welt damit wieder im Gleichgewicht.

Doch er entspannte sich und grinste breit: »Oder willst du etwa, dass das hier das letzte Mal war, dass Olivia mit uns zu Abend essen will?«

Ich lächelte verlegen und tupfte mir den Mund mit meiner Serviette ab. »Schon okay, ein bisschen Spaß muss sein. Aber nein, ich bin tatsächlich nicht für die Liebe nach Sylt gekommen.« In aller Kürze erzählte ich von meinem unverhofften Erbe, der Suche nach Antworten und meiner Reise zum letzten Aufenthaltsort meines Großvaters.

Als ich fertig war, hob Chris interessiert eine Augenbraue. »Echt wahr? Das klingt wirklich spannend. Vielleicht kann ich dir weiterhelfen. Ich habe da einen alten Bekannten bei der Touristeninformation, Jakob heißt er, und er kennt jede Ecke auf der Insel. Jedes Mal wenn ich ihn treffe, erzählt er mir die skurrilsten Geschichten. Vielleicht hat er auch von der Konditorei deines Großvaters gehört und kann dir bei der Suche nach dem mysteriösen Geschäftspartner weiterhelfen.«

Ich trank den letzten Schluck Wein und ließ mir prompt von Ruth nachschenken. »Das klingt vielversprechend. Jakob sagtest du? Und weiter?«

»Jakob Müller.«

»Und du bist dir sicher, dass er momentan auch

dort arbeitet und nicht in den Urlaub gefahren ist? Wäre nämlich nicht das erste Mal, dass ich deswegen auf eine Sackgasse stoße.«

Chris schmunzelte. »Ich glaube nicht, dass seine Chefin irgendwem während der Saison freigibt.«

»Super, dann hoffe ich wirklich, dass er so bewandert ist, wie du sagst.«

»Falls nicht, dann verspreche ich dir, persönlich bei der Suche zu helfen.«

Ruth klatschte in die Hände und unterbrach mein Gespräch mit Chris. Ihre Wangen hatten mittlerweile ein dunkles Rot angenommen und in ihrer Stimme schwang ein lustiges Lallen mit. »Auf deinen Großvater!«

Chris und ich tauschten amüsierte Blicke aus, dann hoben auch wir unsere Gläser und stießen erneut mit seiner Mutter an. Ich wusste nicht, ob es am Alkohol lag oder an der Offenheit unserer Unterhaltung, doch endlich konnte ich mich fallen lassen und fühlte mich fast schon wie zuhause. Meine beiden Gastgeber waren ein ungleiches Paar, Mutter und Sohn. Sie stattlich und ausgelassen, ohne Hemmungen oder Filter, er anständig und aufrichtig, aber auch ein wenig zurückhaltend, dafür aber umso hübscher. Während dem Rest des Abendessens verhakten sich unsere Blicke öfters, wenn ich ihn zu lange anstarrte. Dann schmunzelte er, zwinkerte mir zu oder hob sein Glas in meine Richtung. Ich spielte unschuldig, ermahnte mich innerlich jedoch zur Vernunft.

Verdammt, Olivia, reiß dich am Riemen. Für schöne Männer hast du nach dem Urlaub noch genügend Zeit.

Als sich das Essen dem Ende zuneigte, bedankte ich mich und stahl mich durch die Hintertür in den Garten hinaus. Ich spazierte zielbewusst zu den dahinterliegenden Dünen und spürte die Halme des Strandhafers über meine Waden kitzeln, während ich einem kleinen Pfad in Richtung Strand folgte.

Dann sah ich es, das Meer, die Wellen, die unendliche Weite. Über dem Wasser stand die tiefe Abendsonne und tauchte alles in ein goldenes Licht. Mit jedem Schritt wurde das Rauschen der Wellen lauter, als ob das Meer mich rufen würde.

Ich blieb stehen, zog meine Schuhe aus und vergrub meine Zehen in den warmen Sand. Ein Gefühl von Freiheit und Geborgenheit durchströmte mich. Es war, als ob die Zeit hier langsamer verlief, als ob die Sorgen des Alltags vom Wind fortgetragen wurden. Am Horizont konnte ich die Silhouetten einiger Möwen erkennen, die kreischend ihre Kreise zogen.

Ihre Rufe mischten sich mit dem Klang der brechenden Wellen zu einer beruhigenden Melodie.

»Danke«, flüsterte ich in die wundersame Einsamkeit und fügte in Gedanken hinzu: *Danke Opa, dass du mich hier hergebracht hast. Ich bin gespannt, was du mir noch zu zeigen hast.*

Kapitel Zehn

Enttäuscht verließ ich das Info-Center Westerland und musste mich dabei an einer großen Gruppe japanischer Touristen vorbeidrücken, die im Eingangsbereich herumstanden. Jakob war tatsächlich eine redselige Person gewesen, hilfsbereit und unheimlich ortskundig. Mit neugierigen Augen hatte er das Tagebuch durchgeblättert, nachdem ich es ihm über den Empfangstresen geschoben hatte. Er kannte die Konditorei, war wohl schon als Kind bereits einmal dort gewesen, und zeigte mir sogar ein altes Fotoarchiv, auf dem die Straße und das Verkaufsschild der Konditorei Conrad Hansen abgebildet war. Trotzdem konnte er mir weder sagen, was mit den ehemaligen Betreibern, Angestellten und Vermietern passiert war, noch welcher Name zu den Initialen M.K. gehörte.

Getrieben von Frust und Enttäuschung streunte ich zur nahegelegenen »Crêperie am Meer«, um mir einen extragroßen Crêpe und einen Cappuccino zum Mitnehmen zu kaufen. Danach suchte ich mir eine freie Bank mit Meerblick in der Nähe des Hauptstrandes, um meinen Kummer zu vergessen. Wenigstens das Wetter spielte mit. Die Sonne schenkte heiße Temperaturen, während der Wind angenehme Böen vom Meer aus in meine Richtung schickte. Am Hauptstrand herrschte reges Treiben: Kinder bauten eifrig Sandburgen und gruben tiefe Gräben, während ihre Eltern in Strandkörben saßen und sich unterhielten. Jugendliche spielten Beachvolleyball, ihre ausgelassenen Rufe und das Lachen hallten über den Strand. Eine Gruppe älterer Damen führte elegant ihre Hunde spazieren, die mit wedelnden Schwänzen neugierig die Umgebung erkundeten. Es war ein herrlicher Anblick und egal wohin ich schaute, gab es etwas Neues zu beobachten. Ich hätte stundenlang hier sitzenbleiben können, wenn mir nicht just in diesem Moment etwas aufgefallen wäre, das mich in blanke Panik versetzte. Ich hatte gerade meinen Cappuccino abgestellt und die freie Hand in meine Handtasche gleiten lassen. Meine Finger suchten nach einer Packung Taschentücher, weil ich es versäumt hatte, genügend Servietten von der Crêperie mitzunehmen, doch stattdessen fanden sie bloß gähnende Leere.

Leere, die nicht hätte existieren dürfen.

»Was zum ...?«, entfuhr es mir, bevor ich auch den Crêpe neben mich auf die Bank legte und die Handtasche mit beiden Händen aufriss.

Wo zum Teufel ist das Tagebuch?

»Das kann doch jetzt nicht wahr sein«, raunte ich so laut, dass ein älterer Herr auf der benachbarten Bank von seinem Buch aufsah und mir einen dunklen Blick über die Ränder seiner Sonnenbrille zuwarf.

»Na toll. Echt super.« Mir war auf einen Schlag der Appetit vergangen und ich stand auf, um sowohl den Crêpe als auch den Pappbecher samt Cappuccino in den Mülleimer zu werfen. Dann schwang ich mir die Handtasche über die Schulter und eilte mit hastigen Schritten zurück in die Friedrichstraße.

Die große Menschentraube japanischer Touristen, die mir eben noch den Eingang zum Info-Center versperrt hatten, war bereits weitergezogen. Ich trat durch die Schiebetüren ins Innere der Touristeninformation und spürte, wie mich die angenehm kühle Luft der Klimaanlage umfing.

»Hallo, Jakob?«

Der Empfangstresen war unbesetzt und auch in den Büroräumen dahinter war niemand zu sehen. Ich ließ den Blick durch den Raum schweifen und entdeckte Jakob Müller vor einem Regal mit Flyern und Infoheften, die er anscheinend gerade nachfüllte.

»Hey«, rief ich.

Er drehte sich zu mir um und sah mich mit einem überraschten Gesichtsausdruck an. »Olivia! Dass ich dich so schnell wiedersehen würde, hätte ich nicht gedacht. Sind dir noch ein paar weitere Fragen eingefallen? Mir ist da nämlich noch eine lustige Geschichte über einen alten Metzger eingefa…«

»Sorry«, fiel ich ihm ins Wort. »Aber habe ich zufällig das Tagebuch hier vergessen?«

»Hmm, nicht dass ich wüsste.«

»Ich könnte schwören, dass ich es wieder eingepackt habe, aber jetzt ist es weg.«

Jakob kratzte sich am Kinn. »Puh, keine Ahnung. Hier war so viel los, als du gegangen bist. Aber vielleicht hat meine Kollegin es ja auf dem Tresen gefunden und beiseitegelegt. Komm, wir gehen mal nachsehen.«

Ich folgte ihm zum Empfangstresen zurück und tippte mit den Fingerspitzen auf dem hellen Holz herum, während Jakob sich bückte und dahinter verschwand.

»Wir haben eine Kiste mit Sachen, die Leute hier vergessen haben. Manche geben auch Dinge ab, die sie auf der Straße gefunden haben. Portemonnaies, Schlüssel, und so weiter.«

Als er wieder zum Vorschein kam, stellte er eine große Plastikkiste zwischen uns. Durch die durchsichtigen Wände erkannte ich eine Fülle an Klamotten: Jutebeutel, Geldbörsen und sogar etwas, das wie eine Hundeleine aussah.

Jakob kramte fieberhaft durch den Inhalt der Kiste, stellte Sachen beiseite und sortierte alles nach Kategorie.

»Hier haben wir ein Buch«, sagte er und zog ein abgewetztes Taschenbuch hervor. »Ist schon was her, seit ich das letzte Mal etwas von Stephen King gelesen habe.«

Ich seufzte und beugte mich nach vorne, um ebenfalls in die Kiste schauen zu können. Doch ein Tagebuch mit Ledereinband war nirgends zu sehen.

»Tut mir leid«, sagte Jakob und kratzte sich am Hinterkopf. »Aber das ist alles, was wir haben.«

»Verdammt«, raunte ich.

»Meinst du, du könntest es irgendwo auf dem Weg verloren haben?«

Ich schüttelte mit dem Kopf. »Um ehrlich zu sein, bin ich mir gar nicht mehr so sicher, dass ich es wirklich wieder eingepackt habe. Hier war so viel los und dann haben wir uns ja noch das Fotoarchiv angeguckt und danach … ja, danach bin ich ja schon wieder gegangen.«

Jakob nickte. »Puh, dann bleibt eigentlich nur noch die Möglichkeit übrig, dass einer unserer Besucher das Buch mitgenommen hat.«

»Ja, aber wer macht denn so was?«, fragte ich, obwohl mir natürlich bewusst war, wie dumm diese Frage war. Vielleicht hatte ja einer der Japaner das Tagebuch für ein kostenloses Souvenir gehalten.

Jakob ersparte sich eine Antwort und sah mich mitleidsvoll an. »Vielleicht war es ja ein Versehen. Ein freches Kind oder so. Wenn wir Glück haben, wird es irgendwann zurückgebracht. Ich werde die Augen danach offenhalten, okay?«

Ich zuckte mit den Schultern und bemühte mich um ein Lächeln. »Danke. Was anderes als hoffen bleibt mir gerade nicht übrig. Es sei denn, ihr habt hier drinnen irgendwo eine Überwachungskamera.«

Jakob saugte an seiner Unterlippe. »Tut mir leid.«

»Schon okay«, sagte ich und entfernte mich vom Tresen. »Danke nochmals. Ich werd dann mal wieder.«

»Warte«, meinte Jakob und holte mich auf halbem Wege ein. »Gib mir deine Telefonnummer. Ich rufe dich an, falls das Tagebuch hier wieder auftauchen sollte.«

Widerwillig holte ich mein Handy aus der Handtasche und zeigte ihm meine Nummer. Ich hegte keine falschen Hoffnungen, teilte nicht seinen Optimismus. Das Buch war fort, irgendwer anders hatte jetzt seinen Spaß damit. Da war ich mir sicher. Ob freches Kind oder neugieriger Japaner. Es spielte keine Rolle. Ich hatte nicht ordentlich auf mein Erbstück aufgepasst und jetzt war es weg.

Selbst schuld. Gut gemacht, Olivia.

Niedergeschlagen machte ich mich zurück auf den Weg in die Pension. Mir war jegliche Lust auf Meer und Strand verloren gegangen. Müdigkeit zerrte an meinen Nerven und ich wollte mich einfach nur noch hinlegen und schlafen und den ganzen Schlamassel vergessen.

Vielleicht war das alles nur ein schlechter Traum…

Kapitel Elf

Maja lachte so laut, dass der Hörer meines Smartphones verzerrte und ich das Handy vom Ohr nehmen musste, bis sie sich wieder eingekriegt hatte.

»So was kann auch nur dir passieren«, japste sie und rang hörbar nach Luft. »Aber schade um das Kleid ist es trotzdem.«

Ich rollte mit den Augen, schmunzelte jedoch, weil die ganze Geschichte mittlerweile schon wieder ein paar Tage her war und das Lachen meiner besten Freundin einfach unheimlich ansteckend war. Ich saß auf der kleinen Terrasse hinterm Haus und telefonierte mit Maja, in der Hoffnung auf ein ermutigendes Wort.

»Die Pension ist super süß«, sagte ich mit dem Blick auf die Dünen gerichtet. »Und keine zwei Minuten zu Fuß bis zum Meer.«

Maja raunte sehnsüchtig. »Das klingt nach einem Traum. Ich habe heute Morgen heimlich den Wetterbericht für Sylt nachgeschaut und bin echt neidisch geworden. Hier bei uns regnet es schon seit zwei Tagen durch.«

Ich war niemand, der zu Schadenfreude neigte, aber trotzdem half mir die Wettersituation in Köln, meinen Aufenthalt in Perspektive zu setzen. Hier war es phänomenal schön, der Himmel weit und offen, strahlend blau und mit vereinzelten Wolken, die wie zarte Wattebäusche sanft über den Horizont zogen. Ich hörte das Rauschen der Wellen im Hintergrund, unterbrochen von gelegentlichen Rufen der Möwen, die über meinem Kopf ihre Kreise zogen und nach Nahrung Ausschau hielten.

»Aber ja«, sagte ich dann. »Es ist trotzdem nicht alles so rosig. Das Tagebuch ist verschwunden?«

»Wie? Verschwunden?«

Ich atmete geräuschvoll aus und rieb mir über den Nasenrücken. »Was soll ich sagen? In einem Moment hatte ich es noch, im nächsten war es nicht mehr da. Ich habe nicht aufgepasst, okay? Und jetzt vergnügt sich wahrscheinlich jemand anderes mit der Lebensgeschichte meines Großvaters. Und damit sind jetzt auch alle Hinweise weg, die ich über M.K. hatte.«

»Immer mit der Ruhe, Schatz«, sagte Maja und

bemühte sich um einen sachten Tonfall. »Was hast du denn bisher herausgefunden? Vielleicht brauchst du das Tagebuch ja gar nicht mehr.«

Ein kurzer Anflug von Verärgerung verschlug mir für einen Moment die Sprache, dann sagte ich: »Brauchen hin oder her, es ist trotzdem meins und ich will es wiederhaben. Abgesehen davon habe ich tatsächlich jemanden getroffen, der Conrad Hansen zu Lebzeiten gekannt hat.«

»Echt jetzt? Das ist doch super! Wer war das denn?«

»Seine alte Nachbarin«, sagte ich und berichtete von unserem Kennenlernen. »Aber jetzt gilt es, M.K. zu finden. Ich glaube, sein alter Geschäftspartner kann mir am meisten von ihm erzählen. Aber ich habe keine Ahnung, wie ich ihn ausfindig machen soll, Maja. Es ist zum Verzweifeln.«

»Schatz«, sagte meine beste Freundin sanft. »Du hast noch anderthalb Wochen Zeit dafür. Wie wär es, wenn du dich jetzt mal ein bisschen zurücklehnst und Wertschätzung dafür aufbringst, wo du dich grad befindest. Deutschlands schönste Insel bei bestem Wetter. In einer gemütlichen Pension mit Meerblick und einem Vermieter zum Anknabbern.«

Ich rollte prompt wieder mit den Augen. »Maja, jetzt ist aber mal gut. Chris ist viel zu lieb für meinen

Geschmack. Außerdem will der doch eh nichts mit mir zu tun haben, nach der Geschichte im Zug. Er hat ja dort schon direkt die Flucht ergriffen.«

»Ha! Ich würde eher mal sagen, er hat eine kleine Geschmacksprobe erhaschen dürfen, von dem, was ihn erwarten könnte. Und von wegen *zu lieb*. Sowas gibt's nicht. Denk eher mal daran, wie sehr dich Patrick verarscht hat.«

»Ach, Maja.« Die plötzliche Erinnerung an meinen letzten Ex-Freund ließ mich erschauern. An ihn und das, was er mir angetan hatte, wollte ich mich lieber nicht erinnern.

»Nix *›Ach, Maja‹*. Ich mein das ernst. Vielleicht ist ein anständiger Mann genau das Richtige für dich. Jemand, der sich um dich kümmert, wenn du es brauchst, und es wirklich ernst mit dir meint.«

»Und das weißt du über Chris, weil …?«

Ich konnte ihr Schulterzucken förmlich hören. »Nenn es sechsten Sinn.«

Als ich hörte, wie die Terrassentür geöffnet wurde, legte ich die Hand auf mein Handy und drehte ich mich nach dem Geräusch um.

Wenn man vom Teufel spricht.

»Hey, Olivia«, sagte Chris und hielt mir ein Cornetto entgegen. »Lust auf ein Eis?«

Mit einem gehobenen Zeigefinger bat ich ihn um

einen kurzen Moment Geduld. Dann legte ich mir das Handy zurück ans Ohr und verabschiedete mich kurzerhand von Maja.

»Hey und ja, super gerne«, schmunzelte ich Chris an, nachdem ich mein Smartphone beiseitegelegt hatte. »Das ist genau das, was ich jetzt brauche.«

Er setzte sich neben mich an den Terrassentisch und reichte mir das Eis. »Du sahst vorhin so bedrückt aus, als du nach Hause gekommen bist, da dachte ich mir, du könntest etwas Aufmunterung gebrauchen.«

»Das ist süß von dir.« Ich biss in das süße Eis und nibbelte an ein einem Stück der erhärteten Schokoladensoße, während ich Chris von der Seite aus ansah. Vielleicht war er wirklich zum Anknabbern. Er trug ein lockeres Seidenhemd, das er ziemlich weit aufgeknöpft trug und als eine plötzliche Meeresbrise den Stoff flattern ließ, erhaschte ich einen Blick auf durchtrainierte Brustmuskeln. Ich grinste frech.

Was sich wohl noch darunter verbirgt?

Sofort gab ich mir eine mentale Ohrfeige und ermahnte mich zur Vernunft.

Sei nicht lächerlich.

»Danke für das Eis. Cornetto habe ich schon als Kind gerne gegessen.«

»Ich auch«, sagte Chris und biss ein Stück aus der

Eiswaffel heraus. »Gibt nichts Besseres. Aber sag mal, wie geht es denn mit deiner Suche voran.«

Ein tiefer Seufzer entfuhr mir. »Müssen wir wirklich darüber sprechen?«

»So schlecht, hmm?«

Ich nickte. »Gerade läuft es nicht so rund, obwohl es wirklich vielversprechend angefangen hat.«

»Pass auf, ich sag dir was«, sagte Chris mit einem energischen Handschlag auf seine Stuhllehne. »Wie wäre es, wenn du alles mal ein paar Tage auf sich beruhen lässt und stattdessen etwas Schönes unternimmst? Dann kannst du mal an etwas anderes denken und einfach deine Zeit hier genießen.«

Jetzt fängt der auch noch damit an …

Ich lächelte und lehnte mich in meinem Stuhl zurück. »Genau das hat mir meine Freundin auch gerade gesagt.«

»Klingt nach einer klugen Frau.«

»Na, wenn ihr euch da so einig seid, schauen wir doch einfach mal nach, was es hier so Tolles zu erleben gibt.«

Auf dem Tisch lag eine Tageszeitung, die von einem Stein vorm Verwehen geschützt wurde. Ich legte den Stein beiseite und schnappte mir die Zeitung, bevor ich spontan die Seiten aufschlug, auf denen kommende Veranstaltungen beworben wurden. Ich überflog die Einträge, doch nichts wirkte interessant genug. Da gab es den Auftritt eines Kinderzauberkünstlers, »Der Magische Nilsino«, ein Konzert einer lokalen Schlagerband, eine Lesung aus dem neuen Sylt-Krimi der Bestsellerautorin Sarah Mertens, und geführte Wattwanderungen bei Ebbe.

»Ich glaube, ich habe da eine Idee«, sagte Chris und riss mir die Zeitung aus den Händen. »Vergiss den Kram hier. Ich nehm dich mit auf die Seehundstation, die von meinem Vater geleitet wird.«

Meine Laune hellte schlagartig auf und ich konnte nicht anders, als über beide Ohren zu strahlen. »Oh! Gibt's da auch Robbenbabys?«

Chris zwinkerte mir verführerisch zu und der Anblick aus seinen tiefgrünen Augen sorgte für ein zusätzliches Kribbeln in meinem Bauch. »Aber ja doch. Wir haben die Tage sogar ein paar neue Heuler bei uns aufgenommen. Wenn du willst, darfst du einem auch einen Namen aussuchen.«

»Echt? Worauf warten wir dann noch! Können wir jetzt gleich los?« Ich fühlte mich wie ein kleines Mädchen vor der Bescherung. Eine Seehundstation hatte ich schon immer mal besuchen wollen und ich konnte es gar nicht erwarten, die kleinen Robben zu sehen und vielleicht sogar zu füttern, falls Chris mir das erlauben würde.

Er warf einen Blick auf seine Armbanduhr. »Ich muss noch kurz eine Mail für meine Mutter beantworten und mich umziehen. Sollen wir uns so in einer halben Stunde vor der Haustüre treffen, dann radeln wir los?«

»Abgemacht!«

Kapitel Zwölf

Ich ging nach oben auf mein Zimmer und machte mich ein wenig frisch. Während ich umherging, fiel mein Blick immer wieder auf meine Reisetasche, als zöge sie mich magisch an. Es war, als rufe sie nach mir. Ich war weder abergläubisch noch glaubte ich an höhere Mächte, doch irgendetwas verleitete mich trotzdem dazu, die Tasche aufzuheben und aufs Bett zu stellen.

Was wäre, wenn das Tagebuch plötzlich darin auftauchen würde? Mach dich nicht lächerlich...

Doch langsam aber sicher zogen meine Finger den Reißverschluss auf. Als er komplett geöffnet war, hob ich die Reisetasche auf meinen Schoß und sah ins Innere. Da ich bereits all meine Kleidung in den kleinen Kleiderschrank geräumt hatte, war die Tasche natürlich leer. Und keine Spur vom Tagebuch. Warum sollte es auch? Magie war etwas für Fantasyromane und Hollywoodfilme.

Plötzlich fiel mir etwas ins Auge. Ein heller Fleck in einer Ecke der Reisetasche. Ich griff erneut hinein und tastete mich voran. Meine Finger fanden ein Stück Papier und zogen es vorsichtig zum Vorschein.

Es war das alte Kuchenrezept von meinem Großvater.

Ich musste unfreiwillig schmunzeln. Vielleicht schickte er mir doch eine Nachricht aus dem Jenseits. Oder das Blatt Papier war während meiner Reise einfach aus dem Tagebuch herausgefallen. Ich entschloss mich dazu, an Ersteres zu glauben, egal wie absurd es klingen mochte.

Meine Laune hatte sich bereits erheblich gebessert, als ich eine viertel Stunde später neben Chris über den Radweg radelte und mich von ihm bequatschen ließ.

»Mein Vater hat die Leitung der Station Anfang der neunziger Jahren übernommen. Ich war damals als Kind fast jeden Tag dort und habe beim Füttern der Heuler mitgeholfen.«

Es war unheimlich schön, ihm zuzuhören, und ich musste aufpassen, nicht ständig vom Weg abzukommen, weil ich viel öfter zu ihm herübersah, als nach vorne wo ich hinfuhr. Er sprach mit Enthusiasmus und Hingabe von der Aufzucht verwaister Seehunde, den Problemen mit dem zunehmenden Tourismus im Wattenmeer und anderen Störungen durch menschlichen Einfluss, die dazu führten, dass Seehundmütter von ihren Welpen getrennt wurden.

Je mehr ich ihm zuhörte, desto stärker wurde meine Überzeugung, dass es sich bei Chris um einen durch und durch guten Mensch handelte, einem Mann, der so anders war, als alle anderen, die ich bisher hatte näher kennenlernen dürfen. Es mag kitschig klingen, doch seine tiefe Stimme versprach Geborgenheit und Sicherheit, und mehr als einmal traf mich die Vorstellung, wie es wohl sein würde, in seinen Armen zu liegen.

»Umso wichtiger ist es, dass es Stationen wie diese gibt«, sagte er schließlich und zeigte auf ein großes Gebäude in Strandnähe. Ich hätte Chris noch stundenlang zuhören können, doch jetzt übernahm mein Wunsch, Seehundwelpen zu füttern, das Kommando. Wir steuerten geradewegs auf die Station zu, während ein kräftiger Windstoß meine Haare durcheinanderwirbelte. Der salzige Duft des Meeres verstärkte sich und ein Blick in Richtung Horizont offenbarte die Weiten des Wattenmeers bei Ebbe.

Wir stellten unsere Fahrräder neben dem Eingang ab, bevor Chris mich durch eine Nebentür direkt in die Büroräume der Aufzuchtstation führte. Die Schreibtische waren unbesetzt, doch das leise Surren der Computer ließ mir bewusst werden, dass auch viel administrative Arbeit hinter die Rettung verwaister Seehunde gesteckt werden musste.

»Mein Vater ist bestimmt gerade bei der Fütterung«, sagte er. »Komm, wir gehen mal nachsehen.«

Chris führte mich durch einen langen Gang, der mit Bildern von geretteten Seehunden und ihren Geschichten gesäumt war. Jede dieser Geschichten zeugte von der Liebe und Hingabe, die die Mitarbeiter der Station in ihre Arbeit steckten. Hier und da hingen informative Poster über das Leben und die Rettung der Seehunde, neben Fotos von freudigen Freilassungen ins Meer.

Wir traten durch eine weitere Tür und standen plötzlich in einem großen Raum, der mit mehreren Becken ausgestattet war. In jedem Becken plantschten und spielten Seehundwelpen. Ihre neugierigen Augen und die weichen, grauen Fellmäntel ließen mein Herz sofort schneller schlagen. Der Raum war erfüllt von einem sanften, wohltuenden Licht, das durch große Fenster fiel, die einen atemberaubenden Blick auf das Wattenmeer boten.

In einer Ecke des Raumes entdeckte ich einen stämmigen Mann mit buschigem Bart, der ihn wie einen Seemann aussehen ließ. Er beugte sich über ein Becken und gab einem kleinen Seehund die Flasche. Die Liebe und Geduld, die in seinen Bewegungen lagen, waren deutlich zu erkennen. Als er uns bemerkte, richtete er sich auf und lächelte.

»Moin, Sohnemann. Wie ich sehe, hast du uns Besuch mitgebracht?«

Chris legte eine Hand auf mein Schulterblatt und seine Berührung setzte elektrisierende Wellen in mir frei. »Das ist Olivia. Sie ist bei uns zu Gast und ich dachte, ich zeige ihr mal etwas ganz Besonderes. Olivia? Das ist mein Vater.«

»Nenn mich Heinrich«, sagte der Mann und hielt mir die Hand hin, nachdem er sie sich an seinem Oberteil abgewischt hatte.

»Freut mich«, sagte ich, während wir uns die Hände schüttelten.

»Möchtest du es auch mal versuchen?« Heinrich reichte mir die Flasche, mit der er zuvor den Welpen gefüttert hatte. Er wies auf den kleinen Seehund im Becken neben uns, der mit erwartungsvollen Augen zu uns herüberblickte.

»Unheimlich gern«, sagte ich und spürte, wie die Nervosität meine Finger zum Zittern brachte. Dann nahm ich die Flasche vorsichtig entgegen und kniete mich neben das Becken. Der kleine Seehund paddelte aufgeregt zu mir herüber, seine Schnauze schnüffelte neugierig an der Flasche. Langsam und behutsam hielt ich ihm die Flasche hin, und sofort begann er gierig zu saugen. Ein Gefühl der Freude und des Friedens durchströmte mich, während ich den kleinen Seehund fütterte.

»Das ist einer unserer Neuzugänge«, erklärte Heinrich. »Der Kleine wurde allein am Strand gefunden und war sehr schwach. Aber wie du siehst, erholt sie sich gut.«

»Hat er schon einen Namen?«, hörte ich Chris fragen.

»Wieso? Hast du einen Vorschlag?«

»Nein. Aber ich dachte, Olivia könnte ihm einen Namen geben.«

Mein Herz machte einen Salto vor Freude und ich sah hoffnungsvoll zu ihm hoch. »Wirklich?«

»Ich hab's dir ja quasi versprochen«, sagte Chris mit einem Zwinkern.

Der kleine Seehund heulte laut auf und als ich ihm erschrocken wieder den Kopf zuwandte, bemerkte ich, dass ich die Flasche zu weit nach oben hielt, sodass er sie nicht mehr erreichen konnte. Wiederholt streckte er sich danach und sah mich aus seinen dunklen Knopfaugen an.

»Sorry, Kumpel«, lächelte ich. »Mein Fehler.«

Sofort als ich die Flasche wieder senkte, begann er erneut, kräftig daran zu nuckeln.

»So ist's richtig.« Während ich den kleinen Seehund weiter fütterte, verspürte ich eine tiefe Dankbarkeit für die Menschen, die sich so selbstlos für das Wohl dieser Tiere einsetzten. Die Seehundaufzuchtstation war nicht nur ein Ort der Rettung, sondern auch ein Symbol für die Hoffnung und die Möglichkeit, das Leben wieder ins Gleichgewicht zu bringen.

»Ich glaube, ich weiß, wie er heißen soll«, sagte ich schließlich.

Heinrich verschränkte die Arme vor der Brust und grinste mich an. »Na, dann sind wir aber mal gespannt.«

»Aber nicht lachen, okay?«, meinte ich und richtete mich wieder auf, weil der kleine Heuler die Flasche leergetrunken hatte und jetzt wieder fröhlich in seinem Becken umher schwamm. »Ich will, dass er ›Happy‹ genannt wird.«

Heinrich strich sich durch den Bart und sah mich eindringlich an. Dann wendete er sich an seinen Sohn.

»Na, Junge, was hältst du davon?«

»Ich ...«, begann Chris und verstummte. Er tat es seinem Vater gleich und nahm eine nachdenkliche Pose ein, während er sich über die Bartstoppeln auf seiner Wange strich.

Hallo? Was gibt's da denn zu überlegen? Oder veräppeln die mich gerade?

Da zwinkerte Chris mir zu und schlagartig verschwand seine nachdenkliche Miene, die bloß ein blödes Schauspiel gewesen war. Er strahlte. »Ich find's einen großartigen Namen!«

Heinrich klatschte in die Hände und lachte herzlich auf. »Happy! Sie heißt Happy!«

Mir fiel ein Stein vom Herzen. »Ich hätte für einen Augenblick schwören können, ihr würdet mich in hohem Bogen rausschmeißen.«

»Ach Quatsch«, grinste Chris. »Wir haben uns bloß einen Spaß mit dir erlaubt.«

»Sehr lustig«, sagte ich und rollte mit den Augen, wobei ich trotzdem nicht aus dem Schmunzeln herauskam. Die Herzlichkeit der beiden Männer war einfach zu ansteckend. Heinrich klopfte seinem Sohn auf die Schultern, bevor er ihn von hinten umarmte wie ein Bär. Dann gingen sie gemeinsam zu einer Weißwandtafel, die hinter uns an einer Wand hing und auf der alle Seehunde aufgelistet waren. Chris nahm einen Schwamm und wischte den Platzhalter-Namen »Heuler #3« weg, bevor Heinrich ihm mit einem dicken Filzstift durch »Happy« ersetzte.

Ich grinste vor Stolz und kniete mich an den Rand des Beckens. »Das bist du«, sagte ich zu dem kleinen

Seehund, als er auf mich zu schwamm. Schlagartig konnte ich spüren, wie sich eine tiefe Verbundenheit zu diesem Ort und seinen tierischen Bewohnern in mir ausbreitete. Die Arbeit, die hier geleistet wurde, war nicht nur wichtig, sondern auch zutiefst bewegend. Jeder kleine Seehund, der hier gepflegt wurde, bekam eine zweite Chance auf ein freies Leben im Meer. So wie Happy.

»Na, habe ich dir zu viel versprochen«, fragte Chris später, als wir uns wieder auf unsere Fahrräder schwangen.

»Wohl kaum. Das war wirklich toll! Aber ich will auf jeden Fall auch etwas spenden. Für Happy.«

Chris nickte. »Darum können wir uns gerne die Tage kümmern. Aber jetzt dachte ich mir, wir lassen den Tag mit einem kühlen Bier ausklingen. Klingt das nach einem Plan?«

»Okay«, sagte ich und trat in die Pedale. »Aber nur, wenn du mich zum Essen einlädst. Ich bin am Verhungern!«

»Abgemacht«, lachte Chris und überholte mich, um uns den Weg zu weisen.

Kapitel Dreizehn

Wenig später standen wir vor einer urigen Kneipe, deren rote Backsteinfassade und schmiedeeiserne Laternen schon von außen eine warme und einladende Atmosphäre versprachen. Über der schweren Holztür hing ein handgemaltes Schild mit dem Namen „Zum Anker“, flankiert von zwei blühenden Geranienkästen, die das rustikale Bild perfekt abrundeten.

Beim Eintreten umfing uns sofort ein angenehmer Duft nach frisch gezapftem Bier und herzhaftem Essen. Die Holzdielen knarrten wohltuend unter unseren Füßen und die Wände waren mit alten Schwarz-Weiß-Fotografien von Fischern und Segelschiffen dekoriert, die Geschichten vergangener Zeiten erzählten. An der Decke hingen schwere Holzbalken, die von den vielen Jahren zeugten, die diese Kneipe schon überdauert haben musste.

»Schön hier«, sagte ich, während wir den Raum durchquerten und auf einen freien Tisch in einer Ecke zusteuerten. Bequeme, mit Samt bezogene Stühle luden zum Verweilen ein, und auf dem Tisch stand eine Kerze in einer urigen Flasche, deren flackerndes Licht eine gemütliche und intime Atmosphäre schuf.

»Ja, nicht wahr?«, sagte Chris, nachdem wir uns gesetzt hatten. »Zu sagen, ich wäre Stammgast, wäre vielleicht etwas übertrieben, aber ich kenne den Wirt und bin gerne hier zu Gast. Das Bier ist immer frisch und das Essen erste Sahne.«

»Du machst ziemlich viele Versprechen für einen Tag, mein Lieber«, scherzte ich.

Chris kicherte tief und der dunkle Ton seiner Stimme schickte ein wohliges Kribbeln über meine Haut. »Ha! Hier muss ich mir wirklich keine Sorgen machen, dass die Erwartungen nicht erfüllt werden. Du trinkst doch Bier oder? Ist Pils, okay? Ich weiß ja, dass ihr Kölner lieber euer Kölsch trinkt, aber …«

»Ja«, unterbrach ich ihn. »Pils klappt wunderbar.«

Er drehte sich um und hob zwei Finger, um zu bestellen. Hinter der Theke, die aus massivem Eichenholz gefertigt war und mit unzähligen, polierten Bierkrügen dekoriert wurde, stand der Wirt und winkte uns bestätigend zu. Ein bärtiger Mann mittleren Alters mit einem freundlichen Lächeln, das sofort Vertrauen weckte. Er zapfte gekonnt zwei große Bierkrüge und brachte sie uns persönlich an den Tisch.

»Hier, zwei kühle Jever und die Speisekarte, falls ihr etwas essen möchtet«, sagte er. »Heute empfehle ich besonders unser Matjesfilet mit Bratkartoffeln oder unsere überbackenen Austern. Aber lasst euch ruhig Zeit, heute ist nicht viel los, wie ihr sehen könnt.« Bevor er sich wieder umdrehte, nickte er Chris zu. »Schön dich zu sehen, Kumpel. Freut mich, dass es dir wieder besser geht, nach …«

»Hey, mich auch, Arnie, mich auch.« Chris sprach unerwartet laut und ich hörte eine gewisse Hektik in seiner Stimme, die mich von der Speisekarte aufsehen ließ. Ich bemerkte gerade noch, wie Chris seine Augen aufgerissen hatte, bevor er wieder eine gelassene Haltung annahm. »Danke für das Bier, Arnie. Wir quatschen später ein bisschen, ja?«

Nanu? Was hat es denn hiermit auf sich?

Doch ich traute mich nicht, danach zu fragen, denn ich wollte die gemütliche Stimmung nicht kaputt machen. Sicher gab es auch in Chris Privatleben Dinge, über die er nicht gern sprach. Da wäre es nur unhöflich, wenn ich darin herumstochern würde.

»Ich glaube, ich nehme das Matjesfilet«, meinte ich stattdessen. »Und du?«

Chris lehnte sich zurück und betrachtete die Speisekarte, die auf einem Holzbrett befestigt war. »Das klingt perfekt. Das nehme ich auch. Und danach vielleicht noch ein kleines Glas Kümmelschnaps.«

Ich verzog das Gesicht und kicherte. »Echt jetzt?«

Chris zuckte mit den Achseln. »Wenn wir schon einmal hier sind. Der schmeckt gar nicht so schlecht, wie du vielleicht glaubst. Und ist gut für den Magen!«

»Nee, danke. Da bleibe ich lieber beim Bier.«

»Darauf stoßen wir direkt mal an!«

Unsere Gläser berührten sich mit einem klirrenden Geräusch, während unsere Blicke für einen Moment verschmolzen. Maja hatte recht, er *war* zum Anknabbern. Ich zwang mich, auf mein Bier hinabzusehen, dessen Schaum das Glas wie eine weiße Mütze krönte. Als ich den ersten Schluck nahm, breite sich der herbe aber erfrischende Geschmack in meinem Mund aus. Die feine Kohlensäure prickelte noch immer auf meiner Zunge, bevor mir kurz darauf der Alkohol schlagartig zu Kopf stieg.

»Ah!«, seufzte ich belustigt. »Das ist gut. Genau das, was ich jetzt gebraucht habe.«

»Da kann ich dir wirklich nur zustimmen.«

Ich stellte das Glas ab und überschlug die Arme

auf der Tischkante. »Du Chris? Bist du eigentlich immer so nett, oder machst du das nur, weil ich euer Gast bin?« Die Frage war mir schneller über die Lippen gekommen, als ich darüber nachdenken konnte, ob ich sie wirklich stellen wollte. Aber jetzt war es zu spät und mein Herz machte einen kleinen Aussetzer.

Vielleicht war ein Bier auf leeren Magen doch keine so gute Idee.

Chris hob eine Augenbraue, dann lachte er laut auf und knallte sein Glas etwas zu grob zurück auf seinen Bierdeckel, sodass ein kleiner Schluck überschwappte. »Bin ich das, ja? Nett?« Er zuckte belustigt mit den Schultern und lehnte sich im Stuhl zurück. »Keine Ahnung. Ich bin ganz normal so, verstelle mich nicht und leg mich auch nicht absichtlich für unsere Gäste ins Zeug. Schließlich hast du ja schon bezahlt und alles. Nee, du bist mir einfach sympathisch und ich habe dir angesehen, dass du etwas Aufheiterung gebrauchen kannst. Hab ich da nicht recht gehabt?«

»Ja«, sagte ich und entspannte mich. »Danke nochmal.«

Kurz darauf kehrte Arnie zurück und nahm unsere Bestellungen entgegen.

»Aber wo du schon mal mit den Fragen angefangen hast …«, begann Chris, nachdem der Wirt wieder gegangen war. »Wieso habe ich bei dir eigentlich das Gefühl, dass es dir öfter schwerfällt, mal komplett abzuschalten?«

Ich schnaubte und funkelte ihn amüsiert an. »Stimmt doch gar nicht. Und ich glaube, das mit dem nett sein nehme ich direkt wieder zurück.«

»Touché«, sagte er und hob sein Bierglas in meine Richtung. »War vielleicht nicht so geschmeidig ausgedrückt. Aber ich würde dir einfach gerne ein bisschen Inselfeeling vermitteln und etwas friesische Gelassenheit beibringen.«

»Hey, ich bin sehr wohl gelassen!«

»Sei ehrlich, bevor ich dich zu unserem Ausflug überredet habe, hast du da überhaupt mal eine halbe Stunde Pause von deiner Suche gemacht? Seit deiner Ankunft stehst du permanent unter Strom.«

»Dann pass mal auf, dass ich dir keine Stromschläge verpasse«, lachte ich und spürte, wie mir ein neuer Schub der herrlichen Beschwipstheit in den Kopf stieg. Ich lehnte mich nach vorne und tippte ihm in schneller Abfolge mit dem Zeigefinger gegen den Arm.

»Hey!«, sagte er und fing meine Hand inmitten einer Bewegung auf und streichelte mir sanft über den Handrücken. »Ich mein's ernst. Erzähl mir ein bisschen von dir, damit ich das besser verstehen kann.«

Wohlige Wellen breiteten sich von der Stelle aus, an der er mich berührt hatte. »Ich … Ich weiß auch nicht, Chris.«

Ich dachte an die Begegnung mit seinem Vater zurück und daran, wie liebevoll Heinrich mit seinem Sohn umgegangen war. Das Bild von seiner Umarmung versetzte mir unerwartet einen Stich in die Brust.

»Ich bin ohne Vater aufgewachsen, ohne Großeltern auf der Seite meiner Familie. Und obwohl ich früh gewusst habe, dass mein Vater kein guter Mensch war und eventueller Kontakt mit ihm bloß zu Enttäuschung und Schmerz geführt hätte, habe ich mich trotzdem immer gefragt, wie mein Leben ausgesehen hätte, wenn er Teil davon gewesen wäre. Er und der Rest seiner Verwandtschaft. Aber wie es aussieht, hat er mich und meine Existenz für alle geheim gehalten. Und dann erhalte ich dieses Tagebuch. Aus heiterem Himmel. Mit einer Nachricht an mich auf der letzten Seite.«

Chris nickte gutmütig. »Klar, dass du da alles versuchst, so viel wie möglich über deinen Großvater und seine Familie herauszufinden.« Er hielt meine Hand weiterhin sanft fest, seine Finger strichen beruhigend über meinen Handrücken. »Aber es ist auch wichtig, dass du dabei nicht selbst auf der Strecke bleibst.«

Seine Worte berührten etwas in mir, das ich lange Zeit unter Verschluss gehalten hatte. »Ich weiß, aber manchmal fühlt es sich an, als wäre ich zu spät dran. Als würde ich etwas ganz Wichtiges verpassen, wenn ich nicht weitermache. Ich weiß, wie dumm sich das anhört, schließlich ist mein Großvater bereits von uns gegangen und ich könnte mir alle Zeit der Welt lassen, aber dennoch ...«

Chris lächelte leicht, sein Blick fest auf meinen gerichtet. »Vielleicht. Aber du wirst auch nie erfahren, was du verpasst, wenn du nicht ab und zu innehältst und das Leben um dich herum genießt.«

Ein warmer Schauer lief mir den Rücken hinunter. »Ich ... ich denke, du hast recht.«

»Weißt du was?« Chris beugte sich ein Stück näher, seine grünen Augen funkelten verschwörerisch. »Lass uns ein kleines Experiment machen. Ab jetzt keine Gedanken mehr an deine Suche für den Rest des Tages. Nur wir zwei, das Bier und die gute Gesellschaft. Deal?«

Ich konnte nicht anders als zu lächeln. »Deal.«

Unsere Gläser klirrten erneut, als wir anstießen, und ich fühlte, wie sich die Anspannung in mir langsam löste. Die Gespräche der anderen Gäste um uns herum rückten in den Hintergrund, als ob wir in unserer eigenen kleinen Blase existierten. Chris Nähe war beruhigend, seine Anwesenheit wie ein Anker, der mich im Hier und Jetzt hielt.

Wir redeten weiter, lachten über Belanglosigkeiten und erzählten uns Geschichten aus unserer Kindheit. Mit jedem Wort, das fiel, fühlte ich mich ihm näher. Die Stimmung wurde intimer, bis die Bar um uns herum zu verschwinden schien. Seine Hand wanderte irgendwann von meinem Handrücken zu meinem Unterarm und ließ eine Spur von Wärme zurück.

Er schaute mir tief in die Augen, seine Stimme wurde leiser. »Weißt du, ich bin froh, dass du hier bist.«

Mein Herzschlag beschleunigte sich, und ich konnte die Hitze auf meinen Wangen spüren. »Ich auch«, flüsterte ich, meine Stimme kaum hörbar.

Langsam, fast zögernd, beugte sich Chris näher zu mir und ich mich zu ihm.

Passiert das hier gerade wirklich?

»So!«, ertönte eine laute Stimme neben uns und riss uns aus den Wolken. »Zwei Mal das Matjesfilet. Bitte entschuldigt, dass es so lange gedauert hat.«

Schlagartig fuhren Chris und ich zurück auf unsere Stühle. Ich umfasste die Tischkante, als bräuchte ich zusätzlichen Halt, während der Wirt unsere Teller auf den Tisch stellte.

»Guten Appetit«, wünschte er uns und machte kehrt.

Zuerst sagte keiner von uns etwas. Wir starrten bloß beide auf unser Essen hinab, während unsere Synapsen sich zu erinnern versuchten, wie man Besteck in die Finger nahm.

Dann räusperte ich mich. »Ich, ähm, du? Haben wir eigentlich gerade vergessen, uns bei Arnie für das Essen zu bedanken?«

Chris prustete fast vor Lachen. »Autsch! Noch ein Punkt Abzug auf der Nettigkeits-Skala. Das müssen wir aber schnell nachholen.« Seine Hand schoss in die Höhe, um den Wirt herbeizuwinken. Kurz darauf bestellte er eine neue Runde Bier und bedanke sich im gleichen Atemzug für das gute Essen, obwohl weder er noch ich vom Matjesfilet probiert hatte.

»Geschmeidig«, schmunzelte ich, nachdem Arnie wieder hinter seinem Tresen stand und das Jever zapfte.

»Manchmal gelingt mir das«, sagte Chris und sah mich für einen Augenblick eindringlich an. Dann grinste er breit. »Aber nur manchmal.«

Ich begann zu essen, ließ mir den würzigen Fisch auf der Zunge zergehen und genoss die zugehörige

Kräutercreme. Chris tat es mir gleich und merkte genussvoll an, wie gut die Küche hier doch war. Er winkte Arnie erneut zu sich, um seine Komplimente an den Koch weitergeben zu lassen. Die beiden Männer wechselten ein paar Worte, lachten über einen dummen Spruch, dann ließ der Wirt uns wieder allein.

Wir hielten uns weiterhin nur an oberflächliche Themen und Smalltalk. Keiner von uns schien über unseren Beinahe-Kuss sprechen zu wollen. Eigentlich war mir das auch ganz recht, denn ich hatte weder die Zeit noch den mentalen Freiraum gehabt, das Ganze zu verarbeiten. Aber was gab es da auch groß zu sagen? In der Hitze des Gefechts konnten so einige Dinge passieren, besonders wenn Alkohol mit von der Partie war. Dennoch kam ich nicht umhin, mich dauernd in Chris Augen zu verlieren und mich zu fragen, was passiert wäre, wenn uns Arnie nicht unterbrochen hätte.

Aber was nicht ist, kann ja noch werden, oder?

Kapitel Vierzehn

»Und was ist dann passiert?«, fragte Maja am Telefon und ich hörte, wie sie wieder in ihre Chipstüte griff. Das laute Knistern löste eine neue Welle an Kopfschmerzen bei mir aus. »Erzähl mir bloß nicht, ihr seid einfach wieder nach Hause gefahren.«

Ich rieb mir die Schläfen. »Natürlich, ansonsten würden wir wohl kaum jetzt miteinander sprechen, oder?« Es war neun Uhr abends und Maja hatte mich vor fünf Minuten aus dem Schlaf geklingelt. Der Restalkohol floss noch immer in meinen Adern und ich konnte mein Herz in den Ohren schlagen spüren, während ich meiner Freundin von meinem Tag und dem Essen mit Chris berichtete.

»Mensch, Schatz, du hörst dich ja wirklich furchtbar an. Wie viel habt ihr denn getrunken.«

»Überhaupt nicht so viel. Aber das Bier vor dem Essen hat mich schon umgehauen und ich vertrag ja nicht so viel, wie du selbst weißt. Und dann hat Chris nach dem Essen trotz meiner Proteste zwei Kümmelschnäpse bestellt. Bah, mir hängt der Geschmack noch immer auf der Zunge.« Ich gluckste müde, bevor ein unfreiwilliges Lächeln über meine Lippen huschte. »Aber ja, alles in allem war es ein schöner Tag mit ihm.«

»Weißt du, Liv. Ich bin stolz auf dich. Du hast auf mich gehört und endlich angefangen, deinen Urlaub zu genießen, so wie es sich gehört. Da kann ich nur sagen: Weiter so!«

»Aber bitte mit weniger Alkohol.«

»Klingt nach einem guten Kompromiss«, schmatzte Maja mit einer neuen Handvoll Chips im Mund. »Aber wenn du wirklich mehr von etwas haben solltest, dann von Chris. Der Mann scheint dir gutzutun.«

Ich seufzte leise. »Also ich weiß nicht, vielleicht war das nicht verkehrt, dass heute nichts passiert ist. Schließlich ist er mein Vermieter und wohnt unter dem gleichen Dach wie ich.«

»Liv, Schatz, jetzt hör mir mal zu. Wie lange ist es jetzt schon wieder her, dass Patrick dich für dieses Flittchen hat sitzen lassen? Über ein Jahr, oder? Seitdem hast du keinen anderen Kerl getroffen, als deine beste Freundin weiß ich das. Und was spielt es schon für eine Rolle, ob Chris im gleichen Haus wohnt? Das macht die ganze Sache doch nur um so einfacher.«

»Maja, seine Mutter wohnt auch hier.«

»Umso besser«, lachte sie. »Dann hast du deine zukünftige Schwiegermutter sogar schon kennengelernt.«

Ich rollte mit den Augen. »Ha ha, sehr witzig.«

»Der Punkt ist, er scheint dich zu mögen und du ihn. Nutz das doch aus und mach das Beste daraus. Du bist ja bloß noch ein bisschen mehr als eine Woche da und danach siehst du ihn wahrscheinlich nie wieder.«

»Aber ich bin ja nicht für Männergeschichten nach Sylt gekommen«, protestierte ich. »Sondern, um mehr über die Geschichte meiner Familie herauszufinden.«

»Wer sagt, dass du nicht für beides Zeit hättest? Außerdem steckst du sowieso gerade in einer Sackgasse fest.«

»Hmm«, raunte ich und fiel zurück auf mein Kopfkissen. »Vielleicht hast du ja recht. Chris ist wirklich ein Leckerbissen. Du solltest ihn mal sehen. Überhaupt scheint er ein richtig toller Mensch zu sein.«

»Schick mir bei Gelegenheit mal ein Bild. Aber versprich mir nur, dass du dich nicht in ihn verliebst.

Denn da kommt am Ende wieder nur Herzschmerz bei rum.«

Ich schluckte. »Aber klar doch, Maja.«

»Na, dann los! Schnapp ihn dir.«

»Vielleicht übermorgen«, gähnte ich und drehte mich auf die Seite. »Bis dahin muss ich erstmal ordentlich ausschlafen, glaube ich. Mindestens dreißig Stunden am Stück.«

Maja lachte, dann verabschiedeten wir uns und ich legte mein Handy neben mir auf den Nachttisch. Sofort fielen mir die Augen zu und es dauerte keine volle Minute, bis ich in einen tiefen, traumlosen Schlaf gefallen war.

Kapitel Fünfzehn

Am nächsten Tag verdeckten dunkle Wolken die Spätsommersonne, und das aufkommende Schmuddelwetter zwang mich dazu, eine Übergangsjacke anzuziehen, bevor wir das Haus verließen. Doch die kalten Windböen, die mein Haar zerzausten, hielten Chris nicht davon ab, mich auf sein nächstes Abenteuer mitzunehmen: Eine Kutterfahrt auf der Nordsee.

Am Hafen wartete bereits ein alter, hölzerner Kutter mit dem Namen »Seestern« auf die nächsten Passagiere. Die Luft war erfüllt von der salzigen Frische des Meeres, durchsetzt mit dem Duft von Tang und dem entfernten Brummen der Schiffsmotoren. Der Himmel war ein schweres Grau, das drohte, jeden Moment in Regen auszubrechen, und die ersten kühlen Tropfen begannen bereits zu fallen, als wir an Bord gingen.

Der Kutter legte ab, und die Wellen der Nordsee begrüßten uns mit einer unruhigen, schaukelnden Bewegung. Chris griff nach meiner Hand, als das Boot einen besonders heftigen Schwung machte, und zog mich näher zu sich. Eine elektrisierende Wärme breitete sich von meinem Arm aus in meinem ganzen Körper aus und mit aufkeimendem Verlangen dachte ich an die Abmachung, die Maja und ich in der Nacht zuvor geschlossen hatten.

Heute schnapp ich mir dich.

»Halt dich gut fest«, rief er gegen den Wind, der uns um die Ohren pfiff. Ich konnte ein Funkeln in seinen Augen erkennen, er schien trotz des trüben Wetters für solche Augenblicke zu brennen. Meine Gedanken wanderten für einen Moment zu meinem Großvater und seinen Aufzeichnungen über die Zeit bei der Marine. Jahrzehnte zuvor war er über dieselben Gewässer geschippert wie wir und ich fragte mich, welche Unwetter er seinerzeit miterleben durfte.

Wir fanden einen Platz am Bug, wo wir eine besonders gute Aussicht auf das unruhige Meer hatten. Die Seevögel kreischten über uns, während das Boot über die Wellen tanzte. Die Gischt spritzte uns ins Gesicht, und ich konnte nicht anders, als zu lachen, obwohl der Wind und das kalte Wasser meinen Atem stocken ließen.

Chris stellte sich hinter mich, seine Arme fest um meine Taille geschlungen, um mir Halt zu geben. Er tat es einfach, fragte nicht, und ich ließ es widerstandslos geschehen. Bei jedem Schwanken des Kutters drückte er mich noch ein Stückchen fester an sich, während sich unsere Körper im Gleichklang mit dem Rhythmus der Wellen bewegten.

»Alles in Ordnung?«, fragte er leise in mein Ohr, seine Stimme ein beruhigender Kontrast zu den tobenden Elementen um uns herum.

Ich nickte und lehnte meinen Kopf an seine Schulter. Eine kurze Zeit später ließ der Wind nach und der Himmel hellte auf. Die Sonne brach durch die Wolken und vertrieb das Wetter, das uns einen Vorgeschmack auf den kommenden Herbst beschert hatte.

»Schau mal da«, rief Chris und sein Arm schoss neben mir in die Höhe. Er zeigte auf eine Sandbank nicht unweit von unserer Steuerbordseite.

Ich folgte seinem Finger und sah, was er entdeckt hatte: Eine Gruppe von Seehunden, die sich träge auf der Sandbank ausruhten. Einige der Tiere schienen sich kaum zu bewegen, während andere neugierig ihre Köpfe hoben und uns mit großen, dunklen Augen beobachteten. Die Seehunde wirkten wie graue Punkte auf der goldenen Sandbank, und ihr Anblick zauberte mir ein Lächeln auf die Lippen.

»Sie sind so süß«, sagte ich, ohne meinen Blick von den Tieren abzuwenden.

Chris lächelte und zog mich noch enger an sich. »Ja, das sind sie wirklich. Und schau mal, da drüben ist sogar ein Junges bei seiner Mutter. So muss das sein und nicht anders.«

Tatsächlich sah ich ein kleines Seehundbaby, das eng an seine Mutter gekuschelt war. Es war ein friedliches Bild, das im Kontrast zu dem rauen Wetter und den tobenden Wellen stand, die wir gerade hinter uns gelassen hatten. Die Sonne spiegelte sich nun auf der ruhigen Wasseroberfläche und schuf ein glitzerndes Mosaik aus Licht und Schatten.

»Glaubst du, Happy darf bald auch wieder zu seinen Artgenossen schwimmen?«

»Da bin ich mir hundertprozentig sicher. Wir päppeln den Kleinen auf, bis er groß genug ist und dann wird er wieder eingewildert. Versprochen.«

»Das wäre schön«, sagte ich und lächelte in Erinnerung an meine Begegnung mit dem kleinen Heuler. »Da wäre ich gerne dabei.«

Wir standen noch eine Weile schweigend da und genossen den Moment. Die Geräusche des Kutters und das entfernte Rufen der Seevögel verschmolzen zu einer beruhigenden Kulisse, während wir das Schauspiel der Natur vor uns bewunderten.

»Manchmal vergisst man, wie wunderschön die Welt sein kann«, murmelte ich schließlich, während ich mich in Chris Armen geborgen fühlte. Ich wusste nicht, wie lange wir schon so dort gestanden hatten, doch es fühlte sich wie das Natürlichste auf der Welt an.

»Hmm«, raunte er und streichelte sanft über meine Arme.

Langsam drehte ich mich um und legte eine Hand an seine Brust, bevor ich zu ihm aufsah. Seine Augen leuchteten grüner als grün im hellen Licht der Sonne und ich versank regelrecht in ihnen. Für einen Moment schien alles um uns herum stillzustehen. Das Rauschen des Meeres, das ferne Kreischen der Möwen, alles verblasste in den Hintergrund, während unsere Blicke verschmolzen. Mir war, als konnte ich die Wärme seiner Haut unter meinen Fingerspitzen spüren, seinen Herzschlag, der sich zusammen im Gleichtakt mit meinem beschleunigte.

»Chris …«, flüsterte ich, unsicher, wie ich die Flut an Verlangen in Worte fassen sollte, die in mir aufstieg.

Er legte seine Hand sanft unter mein Kinn und hob mein Gesicht ein Stückchen näher zu seinem.

»Du hast recht«, sagte er leise, seine Stimme rau vor Emotionen. »Die Welt ist wunderschön. Genau wie du.«

Langsam, als wolle er den Augenblick voll auskosten, neigte er den Kopf und ließ seine Lippen federleicht über meine streifen. Eine zarte Berührung, die jedoch all die Gefühle und Sehnsüchte enthielt, die in der kurzen Zeit zwischen uns gewachsen waren, verborgen hinter einer unsichtbaren Mauer. Einer Mauer, die ich nun bereit war einzureißen.

Ich stöhnte leise und schloss die Augen, ließ mich gänzlich von dem sanften Kontakt unserer Lippen tragen, während meine Hand sich auf seinen Hinterkopf legte und ihn enger an mich zog. Mein Herz schlug schneller, unser Kuss vertiefte sich, wurde intensiver und leidenschaftlicher, und ich verlor mich vollkommen in diesem Moment, in Chris, in uns.

Als wir uns schließlich voneinander lösten, ruhte seine Stirn auf meiner. Wir atmeten tief durch, unsere Atemzüge vermischten sich in der frischen Seeluft. Chris Augen strahlten, und ein glückliches Lächeln umspielte seine Lippen.

»Was habe ich mir diesen Moment gewünscht«, sagte er, seine Stimme kaum mehr als ein Flüstern. »Seit gestern konnte ich keinen klaren Gedanken mehr fassen. Doch jetzt fühlt es sich an, als wäre die Welt zurück im Gleichgewicht.«

»Ich bin mir da noch nicht so sicher«, schmunzelte ich und senkte den Blick zurück auf seine Lippen. »Ich glaube, das müssen wir noch einmal genau nachprüfen, um auf Nummer sicher zu gehen …«

Kapitel Sechzehn

Da Ruth über Nacht bei einer alten Freundin auf dem Festland blieb und erst vormittags zurück sein sollte, hinderte uns nichts daran, den Rest des Tages allein im Haus zu verbringen und unsere entfesselte Zweisamkeit zu genießen. Es war kurz vor Mitternacht, als wir völlig außer Kräften, aber in inniger Umarmung umschlossen, die Augen zu machten und endlich einschliefen.

Als ich am nächsten Morgen aufwachte und einen Blick auf den Wecker warf, huschte ein Lächeln über meine Lippen. Ich hatte durchgeschlafen. Fast acht Stunden lang. Das passierte auch nicht mehr alle Tage.

So kann es gehen, wenn man so viel Spaß hatte, wie schon seit Jahren nicht mehr.

Vorsichtig schälte ich mich aus Chris Umarmung, dann stand ich auf und schlich mich nach unten in die Küche, um Kaffee zu machen. Draußen war es noch ruhig und die Morgensonne tauchte die Landschaft in ein sanftes, goldenes Licht. Durch ein geöffnetes Fenster über der Spüle drang frische Luft herein, durchdrungen vom salzigen Geruch des Meeres, der sich mit dem Duft des frischen Kaffees vermischte. Ein paar Möwen kreisten über den Dünen und ließen hin und wieder ihre Rufe ertönen. Ich spürte, wie die Frische des Morgens durch das offene Fenster hereinströmte und meine Haut leicht kitzelte. Der entfernte Klang der Wellen, die sanft an den Strand rollten, vermischte sich mit dem leisen Gurgeln der Kaffeemaschine und bildete eine beruhigende Hintergrundmelodie.

Geht's eigentlich noch besser?

Ein vollkommendes Gefühl von Gelassenheit und Glück breitete sich in mir aus. Ich fühlte mich schwerelos, wenn auch nur für einen Augenblick, und ich wünschte mir, ich könnte für immer daran festhalten. Doch sobald ich es versuchte, entzog es sich mir.

Schließlich stieß ich mich von der Spüle ab, gegen die ich mich gelehnt hatte, und goss den fertigen Kaffee in zwei Tassen. Der Dampf umspielte mein

Gesicht, während ich sie die Treppe hinauf trug und versuchte, nichts zu verschütten.

»Guten Morgen«, begrüßte mich Chris, als ich zurück in sein Zimmer trat. Er saß auf der Bettkante und zog sich sein T-Shirt über.

Schade um die Aussicht.

Ich schmunzelte, dann reichte ich ihm seine Tasse und ließ mich neben ihm nieder.

»Was für ein Service«, sagte er und duftete am Kaffee. »Hmm, genau das, was ich jetzt brauche. Willst du vielleicht anfangen, für uns zu arbeiten? Zimmerservice für unsere Gäste?«

Ich gab ihm einen Klaps auf den Oberarm. »Vorsichtig, Freundchen.«

»Hey«, lachte er. »Natürlich nur mit fairer Vergütung.«

»Du, ich will gerade wirklich nicht ans Arbeiten denken. Es reicht mir, zu wissen, dass ich in weniger als einer Woche wieder zurück an meinem Schreibtisch sitzen muss.«

Chris seufzte leise. »Das erinnert mich daran, dass ich noch jede Menge Papierkram für meine Mutter fertig machen muss.«

Ich lehnte meinen Kopf an seine Schulter. »Papierkram ist mein Hass-Wort.«

»Klingt, als wärst du unzufrieden. Hast schon einmal darüber nachgedacht, alles hinzuschmeißen und etwas komplett Neues anzufangen?«

Ich hob meinen Kopf und sah ihn verwundert an. »Viel zu oft. Aber ich wüsste ehrlich gesagt nicht was.«

»Was genau machst du denn momentan?«

»Ich bin Controller. Meine Aufgabe ist quasi, die Finanzen und Zahlen im Griff zu haben und dafür zu sorgen, dass unsere Firma weiß, wie viel Geld reinkommt und rausgeht, und ob das Ganze überhaupt profitabel ist.«

Chris nickte. »Klingt nach einer wichtigen Kompetenz. Davon hätte ich auch gerne mehr«, lachte er und fügte hinzu: »Vielleicht kannst du ja eher die Branche wechseln, wenn's hilft.«

»Ach, Chris«, schmunzelte ich und nippte an meinem Kaffee. »Du machst gerade wirklich einen miserablen Job darin, mich nicht ans Arbeiten denken zu lassen.«

Er gab mir einen Kuss auf die Wange. »Ich will dir doch bloß helfen. Ich bin momentan auch etwas durch den Wind und weiß nicht, was die Zukunft so bringen soll und da dachte ich mir eben, es wäre das Beste, wenn ich wenigsten dir auf die Sprünge helfen könnte.«

»Das ist lieb gemeint«, sagte ich und nahm ihm die Tasse aus den Händen, bevor ich sie zusammen mit meiner auf den Nachttisch stellte. »Aber ich glaube, wir konzentrieren uns beide auf das Hier und Jetzt.«

Ich strich ihm über die Wange und sah ihm tief in die Augen, bevor ich seinen Kopf zu mir zog.

»Da stimme ich dir voll und ganz zu«, hauchte Chris, bevor ich ihn mit einem Kuss zum Schweigen brachte. Seine Hand fuhr über mein Knie und schickte warmes Prickeln meinen Oberschenkel hinauf. Meine Finger fuhren über seinen Hinterkopf und griffen in sein struwweliges Haar, während ich mich darauf freute, unser Programm vom Vorabend zu wiederholen.

Wir hatten uns gerade rücklings zurück ins Bett fallen gelassen, als von unten ein rumpelndes Geräusch zu uns hoch drang.

Beinahe gleichzeitig hoben wir unsere Köpfe und starrten zur Tür am anderen Ende des Zimmers. Sie stand sperrangelweit offen und ließ uns das fröhliche Pfeifen seiner Mutter im Erdgeschoss hören.

Weder Chris noch ich konnten unseren Lachanfall unterdrücken und nur mit vorgehaltenen Händen schafften wir es, keine Aufmerksamkeit auf uns zu ziehen. Als ich mir sicher war, dass Ruth in die Küche gegangen war, sprang ich auf, um mich anzuziehen.

»Wir sehen uns beim Frühstück«, zwinkerte ich und hastete ins Badezimmer für eine notwendige Dusche.

Kapitel Siebzehn

»Hey, wie schön euch zu sehen«, begrüßte uns Ruth eine viertel Stunde später am voll gedeckten Küchentisch, scheinbar nichts ahnend. »Habt ihr gut geschlafen? Ich dachte, ich bringe ein paar Sachen zum Brunchen mit. Hoffentlich habt ihr nicht schon ausgiebig gefrühstückt?«

»Nein«, lächelte ich und nahm Platz. »Das passt genau richtig. Was für ein Luxus, Ruth!«

Ich ließ meinen Blick über den Esstisch schweifen und fragte mich, wie sie es geschafft hatte, alles in so kurzer Zeit herzurichten. Auf einem rustikalen Holzbrett lagen frische Körnerbrötchen, Graubrotscheiben und herzhaftes Schwarzbrot. Ein Korb mit goldbraunen Croissants und Milchbrötchen stand daneben. Ein Tablett mit verschiedenen Marmeladen und

Gelees, darunter Sanddorn, Johannisbeere und Pflaumenmus, lud zum Schlemmen ein. Daneben thronte eine Schale mit frischem Obst: knackige Äpfel, saftige Birnen und leuchtend rote Kirschen. Und auf einem weiteren Holzbrett präsentierte sich eine Auswahl an Käse und Aufschnitt.

»Mensch«, sagte ich und spürte, wie sich das Knurren in meinem Magen verstärkte. »Das ist ja besser, als jedes Luxushotel.«

»Tja«, kicherte Ruth. »Ich habe dir schließlich nichts Geringeres versprochen, als du dein Zimmer gebucht hast. Womit möchtest du denn anfangen? Vielleicht ein Croissant?«

Sie griff nach dem Körbchen, doch ich stoppte sie mitten in der Bewegung. »Ich fang lieber mit etwas Herzhaftem an«, sagte ich und nahm mir eine Scheibe Graubrot, die ich mit Butter beschmierte und Gouda belegte. Währenddessen hatte Chris sich ein regelrechtes Törtchen aus der oberen Hälfte von einem Milchbrötchen gezaubert, in dem er es mit einer üppigen Portion Quark belud, getoppt von einer Menge Johannisbeermarmelade. Als er in seine Kreation hineinbiss, blieb ihm die Hälfte davon an der Oberlippe hängen.

Ich kicherte und schüttelte fast unmerklich mit dem Kopf.

»Du warst schon immer ein Genießer«, lachte Ruth, dann wandte sie sich wieder an mich. »Apropos: Wie gefällt dir alles soweit, Olivia? Genießt du deine Zeit bei uns?«

Mein Blick wanderte unfreiwillig zu Chris. Er zwinkerte mir verschwörerisch zu, während er sich den Mund mit einer Serviette abtupfte.

»Ja, doch, das tue ich wirklich«, sagte ich dann und zwang mich, ihn nicht länger anzusehen. Noch offensichtlicher brauchte ich es wirklich nicht zu machen. »Auch wenn ich bei meiner Spurensuche auf gewisse Sackgassen gestoßen bin. Aber Chris hat sich mir angenommen und sich als phänomenaler Tourguide bewiesen.«

»Was du nicht sagst! Wo seid ihr denn alles gewesen?«

Ich legte mein Brot ab und erzählte ihr von der Kutterfahrt, wobei ich die pikanten Details selbstverständlich übersprang, sowie unserem Ausflug zur Seehundstation und mein Treffen mit Happy.

»Ja, die sind wirklich drollig. Und was für einen schönen Namen du dir ausgesucht hast. Ach ja ...« Sie seufzte und machte eine kleine Pause, bevor sie hinzufügte: »Damals, als Chris Vater und ich noch verheiratet waren, war ich auch immer gerne auf der Station.«

Für einen Moment fiel mein Blick auf meinen Teller, während ich versuchte, etwas Anständiges zu erwidern. Diese Tatsache über seine Familiensituation war mir bisher unbekannt gewesen, doch ich hätte natürlich darauf kommen können, schließlich lebte Heinrich nicht unter einem Dach mit Ruth und seinem Sohn. Allerdings hatte ich mir diese Frage bisher überhaupt noch nicht gestellt und auch überhaupt nicht darüber nachgedacht, was vielleicht daran lag, dass ich selbst ohne Vater aufgewachsen war und seine Abwesenheit vom Esstisch für mich eine Selbstverständlichkeit war.

Peinlich berührt sah ich zu Chris hoch, unsicher wie er reagiert haben könnte. Doch er nickte bloß still vor sich hin und belegte die andere Hälfte seines Milchbrötchens.

»Sorry«, sagte ich. »Ich hoffe, es war okay, dass ich das Thema angesprochen habe.«

»Hör mal«, lachte Ruth auf. »Ich dachte schon, du hättest eine plötzliche Magenverstimmung erlitten, so wie du gerade dreingeschaut hast! Aber nein, du brauchst dir wirklich keine Gedanken zu machen. Heinrich und ich leben schon seit über zehn Jahren getrennt. Und zwischen uns gibt es kein böses Blut.«

»Okay«, lächelte ich erleichtert. »Das ist schön.«

»Ja«, grinste Ruth und klatschte in die Hände.

»Fast so schön, wie die Tatsache, dass ihr zwei doch endlich zueinandergefunden habt. Ich hab's mir doch gleich gedacht, dass das mir euch etwas gibt!«

Mir kippte die Kinnlade nach unten, unfähig auch nur einen Laut hervorzubringen. Mein Herz vollführte einen Sturzflug und jeder Muskel meines Körpers verkrampfte, während ich meine Gastgeberin fassungslos anstarrte.

Wie zum Himmel hat sie das so schnell herausgefunden?

Chris riss die Augen auf und verschluckte sich hörbar an seinem Brötchen. Für einen Augenblick schien er fast zu ersticken, dann fing er sich wieder und schluckte heftig, während er sich an den Hals fasste. »Wie … Woher …?«

»Tja, ihr lieben«, lachte Ruth. »Mich täuscht niemand so schnell. Aber seid euch sicher, mich stört das ganz und gar nicht. So lange ihr euch versteht und einig seid, kann mir der Rest wirklich egal sein. Gib der Pension bloß keine schlechte Bewertung im Internet, Olivia, sollte mein Sohn dir am Ende trotz allem das Herz brechen.«

»Mama!«, entfuhr es Chris, doch er schüttelte grinsend den Kopf. »Jetzt ist aber wirklich genug. Wenn sich hier jemand eine Ein-Stern-Bewertung einfängt, dann bist du das selbst.«

Plötzlich konnte ich mir das Lachen nicht mehr verkneifen. Es war alles so absurd und komisch zugleich. »Hut ab, Ruth. Bei deiner Auffassungsgabe hättest du glatt Karriere als Kommissarin machten können. Und keine Sorge, deine fünf Sterne hast du dir schon längst verdient. Aber wenn ihr mich mal eben entschuldigt. Ich muss mal kurz für kleine Mädchen.«

Ich stand auf und verließ die Küche. Auf halbem Weg zum Badezimmer fing mich Chris ab und griff nach meiner Hand.

»Hey«, flüsterte er. »Alles okay? Sorry wegen meiner Mutter. Du hast ja sicher schon letztens gemerkt, dass sie keinen Filter hat und einfach alles ausspricht, was ihr in den Sinn kommt.«

»Kein Problem«, sagte ich und lehnte mich auf Zehenspitzen zu ihm, um ihm einen Kuss zu geben. »Wirklich.«

»Hoffentlich«, seufzte er und zog mich näher an sich. »Wenn sie dich vergraulen würde, könnte ich mir das nicht verzeihen.«

»Mach dir keine Gedanken.« Ich sah ihm tief in die Augen. »Ich mag dich.«

»Ich mag dich auch«, lächelte er und küsste mich auf die Stirn.

Dann umarmte ich ihn fest, bevor ich mich wieder

von ihm löste. »Aber du? Ich müsste jetzt wirklich mal …«

»Oh, ja, aber klar doch.«

Als ich etwas später zurück in Richtung Küche ging, hörte ich etwas, das meine Schritte verlangsamen ließ. Am Gesprächston zu urteilen, stritten sich Chris und Ruth über etwas und zuerst glaubte ich, es ging um unser letztes Tischgespräch. Doch je näher ich der Küche kam und je besser ich die Worte verstehen konnte, desto unsicherer wurde ich.

»Ich verstehe, dass es dich traurig stimmt.«

»Darum geht es nicht, Mama.«

»Chris, es wird Zeit, dass du loslässt.«

Er nuschelte etwas, das ich nicht verstand.

»Dein Leben geht weiter, so oder so.«

Ich konnte mir keinen richtigen Reim daraus machen, doch ich war nicht länger der Überzeugung, dass es um Chris und mich ging. Mein schlechtes Gewissen meldete sich zu Wort und ich täuschte ein Husten vor, bevor ich zurück in die Küche trat. Ich erhaschte einen letzten Blick auf Chris Gesicht und sah im letzten Moment, wie die Zornesfalten von seiner Stirn verschwanden.

»Alles in Ordnung?«, fragte ich und setzte mich zurück an den Tisch. »Ich hoffe, ich habe den Haussegen nicht in Schieflage gebracht.«

»Ach, Quatsch, Liebes«, sagte Ruth. »Nur eine kleine Diskussion zwischen Mutter und Sohn, das ist alles.«

»Ja«, meinte Chris ernst. »Nicht der Rede wert. Ganz im Gegensatz zu den Neuigkeiten, die meine Mutter für dich hat.«

Ich hob eine Augenbraue. »Neuigkeiten?«

»Wie du vielleicht weißt, habe ich bei einer alten Freundin in Niebüll übernachtet. Sie ist auf Sylt aufgewachsen und kennt Land und Leute. Ich habe ihr ein bisschen von dir erzählt und als das Thema von deinem Großvater aufkam, ist sie ziemlich hellhörig geworden.«

Ruth machte eine Pause, um einen Schluck von ihrem Kaffee zu nehmen. Unterdessen hatte ich vor Anspannung glatt vergessen, weiter zu kauen.

»Wie es sich herausstellt, war sie eine Zeit lang Stammgast in seiner Konditorei. Sie kannte sogar den Geschäftspartner deines Großvaters, deinen M.K.«

Mein Puls beschleunigte sich mehr und mehr, und die Aufregung schnürte mir den Magen zu, sodass ich keinen Bissen mehr herunter bekam. Schlagartig sprudelten die Fragen nur so aus mir heraus: »Kennt sie seinen vollen Namen? Lebt er noch? Weiß sie, wo er wohnt?«

Ruth hob einen Zeigefinger, nachdem sie ihre

Kaffeetasse in aller Seelenruhe wieder abgestellt hatte. »Nur den Nachnamen. Kronenberg. Ein ungewöhnlicher Name für unsere Insel, wenn man so will. Er hat mich etwas ins Stutzen gebracht, denn irgendwo in meinem Hinterkopf kam mir der Name bekannt vor. Ich wusste nur nicht, wieso. Bis es mir auf der Rückfahrt eingefallen ist.«

»Ja?«, hakte ich nach, als sie wieder eine Pause einlegte. Es war beinahe zermürbend für meine Nerven, dass sie so lange brauchte, um auf den Punkt zu kommen, doch ich wollte nicht unhöflich sein, und bemühte mich um Geduld.

Ruth griff in das Brotkörbchen und nahm sich ein Croissant. »Ich musste es am Handy noch einmal nachschauen, aber in Hörnum gab es tatsächlich mal ein kleines *Strandcafé Kronenberg*. Das hat aber anscheinend schon vor Jahren dicht gemacht. Das zugehörige Strandhaus auf dem Grundstück gibt es aber wohl noch und wenn ich du wäre, würde ich mal dort hin fahren und klingeln. Wer weiß, vielleicht hast du ja Glück.«

»Das …«, begann ich und verstummte, um meine vor Aufregung zitternde Stimme zu beruhigen. Am liebsten wäre ich sofort aufgesprungen und losgezogen. »Das sind großartige Neuigkeiten, Ruth! Du weißt nicht, wie sehr ich mich grad freue!«

»Ich sehe es dir an, Liebes«, lachte sie und zeigte auf meine Hände. »Du hältst seit drei Minuten schon dein Brot in der Hand und wenn du nicht aufpasst, rutscht dir gleich der Rest von deinem Käse herunter.«

Ich schnaubte belustigt, als ich sah, dass sie recht hatte. »Egal, mir steht plötzlich eh mehr der Sinn nach etwas Süßem.« Ich schnappte mir ebenfalls ein Croissant, schnitt es auf und bestrich die Innenseite mit Marmelade. »Meinst du, Kronenberg wohnt noch dort?«

»Das kann ich dir leider nicht sagen. Aber ich schlage vor, du findest es heraus. Du und Chris könnt ja nach dem Essen mal hinfahren. Ihr dürft euch auch gerne das Auto ausleihen, ich muss nämlich heute nirgendwo mehr hin.«

Ich sah zu Chris und bedachte ihn mit einem flehenden Blick. Er nickte bloß ermutigend und leckte einen Tropfen Johannisbeermarmelade von seinem Daumen.

»Sollen wir uns den Rest nicht einfach für die Fahrt mitnehmen?«, fragte ich und stand auf.

Chris schmunzelte, dann stand auch er auf und ging an einen Küchenschrank, um zwei Thermobecher hervorzuholen. »Okay, aber nur, wenn wir auch Kaffee mitnehmen.«

»Nur zu«, lachte ich aufgeregt. Er durfte sich

gerne so viel mitnehmen, wie er wollte, doch ich würde mir das zusätzliche Koffein sparen. Meine Nerven standen ohnehin plötzlich so enorm unter Strom, dass ich ansonsten befürchten müsste, mein Herz könnte auf der Fahrt den Geist aufgeben…

Kapitel Achtzehn

Eine gute halbe Stunde später bogen wir auf das Süderende ab und hielten nach dem passenden Anwesen Ausschau. Laut Google befand sich das Haus auf einer Anhöhe am Ende der Straße und versprach eine Aussicht auf die Dünen, den dahinterliegenden Strand und die Weiten der Nordsee.

»Das muss es sein«, sagte Chris und trat auf die Bremse. Der Wagen kam langsam zum Stehen, und ich konnte bereits durch das Autofenster die Silhouette des Strandhauses erkennen. Es war ein typisch friesisches Haus mit Reetdach und rotem Klinker, umgeben von einer niedrigen Steinmauer. Die Mittagssonne tauchte die Szene in ein goldenes Licht, das die malerische Idylle der Landschaft betonte.

»Das sieht wirklich vielversprechend aus. Definitiv bewohnt«, meinte ich und öffnete die Autotür. Ein frischer Wind wehte vom Meer herüber und trug den salzigen Duft der Nordsee mit sich. Ich zog meine Sommerjacke enger um mich und folgte Chris, der bereits die schmale Kiesauffahrt hinaufging.

Das Knirschen der Kiesel unter unseren Schuhen war das einzige Geräusch in der stillen Umgebung, abgesehen vom gelegentlichen Ruf einer Möwe und dem konstanten Rauschen der Wellen im Hintergrund. Als wir das Tor erreichten, konnte ich einen ersten Blick auf den Garten werfen. Gepflegte Beete mit Heidekraut und Rosen, dazwischen stand ein knorriger Apfelbaum, dessen Äste sich im Wind wiegten.

Chris öffnete das schmiedeeiserne Tor und hielt es mir auf, während er mir den Vortritt ließ. Wir traten ein und gingen den schmalen Weg weiter, bis wir die breite Holztür des Hauses erreichten.

»Willst du?«, fragte er mit einem Lächeln.

Ich nickte und spürte, wie sich die aufregende Erwartung in mir vervielfachte. Dann nahm ich allen Mut zusammen und drückte auf die Klingel.

Kurz darauf öffnete sich die Tür, und ein Mann in unserem Alter trat auf die Türschwelle, um uns zu begrüßen. Mit seinem schulterlangen Haar, dem weit aufgeknöpften Seidenhemd und der Muschel-Halskette sah er aus wie ein Hippie.

Vielleicht Kronenbergs Sohn?

»Gibt es die Zeugen Jehovas jetzt schon bei uns auf Sylt?«, fragte er und breitete grinsend die Arme aus. »Oder habt ihr euch vielleicht auf eurer Suche nach eurem Ferienhaus verirrt?«

Ich warf Chris einen Blick zu, dann bemühte ich mich um ein neutrales Lächeln, weil ich immer noch nicht wusste, ob er seine Fragen ernst meinte oder bloß Scherze machte. »Nein, bitte entschuldige die Störung, aber wir suchen einen Herrn Kronenberg.«

»Michael Kronenberg?«

Mein Herz setzte einen Schlag aus. M wie Michael. »Ja, er ist ein alter Geschäftspartner von meinem Großvater, der leider vor ein paar Monaten verstorben ist.«

Der Mann nickte und fuhr sich übers Kinn. »Mein Beileid, mein Beileid, aber wenn ihr den Kronenberg treffen wollt, seid ihr ungefähr ein Jahr zu spät. Er wohnt nicht mehr hier.«

»Du bist also nicht mit ihm verwandt?«

Er lachte laut auf. »Nein. Er hat mir das Haus verkauft, für einen guten Preis. Ich bin Künstler, wisst ihr, und das Haus bietet den perfekten Platz für mein Atelier und eine kleine Galerie im Erdgeschoss. Und der Ausblick …« Er schickte einen Luftkuss gen Himmel.

»Okay«, sagte ich trocken, herzlich uninteressiert an seinen Beweggründen. »Weißt du zufällig, wo Kronenberg jetzt ist? Lebt er noch auf Sylt?«

Er zuckte mit den Schultern. »Wir haben Smalltalk gemacht damals, ja, und er sagte etwas von Hamburg. Oder war es Berlin? Irgendeine Großstadt. Also, nein, ich schätze, er ist schon längst nicht mehr hier.«

Großartig. Wieder eine Sackgasse.

Ich seufzte etwas zu laut. »Sorry«, sagte ich mit zitternder Stimme. »Vielen Dank für die Infos. Wir wollen dann mal nicht weiter stören.«

Er sah mich etwas unsicher an, vermutlich weil mir gerade die Gesichtszüge entgleisten und er mir ansah, dass mir zum Weinen zumute war. »Keine Ursache. Hoffentlich findet ihr, was ihr sucht. Schönen Tag noch.«

Chris übernahm das Reden und verabschiedete sich, während ich mich bereits auf den Weg zurück zum Auto machte. Erste Tränen kullerten über meine Wangen und ich unterdrückte ein Wimmern. Es war zum Schreien. Sackgasse über Sackgasse. Als wollte das Schicksal nicht, dass ich mehr über meinen Großvater erfahre.

»Alles okay?«, hörte ich Chris hinter mir rufen,

als ich am Auto ankam, doch ich ließ es links liegen und ging stattdessen auf einen kleinen Pfad zwischen den Dünen zu. Mit wackeligen Beinen und dem Gefühl, dass sich die Welt um mich herum zusammenzog, erreichte ich kurz darauf den Strand. Die weite, leere Fläche wirkte wie ein Spiegel meiner inneren Leere. Das Rauschen der Wellen, normalerweise beruhigend, klang heute wie ein Hohn. Alles in mir schrie nach Antworten, nach einem Anhaltspunkt, aber es gab nichts als das gleichmäßige Rollen des Meeres.

Ich sank in den Sand, unfähig, den Knoten aus Schmerz und Frustration in meiner Brust zu lösen. Die Tränen flossen nun ungehindert, dicke, heiße Tropfen, die sich mit dem kühlen Wind vermischten. Jeder Atemzug fühlte sich schwer an, als würde er mehr Kraft kosten, als ich aufbringen konnte.

Meine Gedanken wirbelten um meinen Großvater, um die verlorenen Erinnerungen und die Geschichten, die nie erzählt wurden. Warum musste es so schwer sein, ein Stück meiner eigenen Vergangenheit zu finden?

Ich wusste nicht, wie lange ich dort gesessen hatte, als ich plötzlich spürte, wie sich eine warme Hand sanft auf meine Schulter legte. Ich drehte mich um und sah in Chris besorgtes Gesicht. Er kniete sich neben mich in den Sand, seine Augen voller Mitgefühl und Verständnis.

»Hey«, sagte er leise und zog mich in seine Arme. »Komm.«

Ich vergrub mein Gesicht an seiner Brust und ließ den Kummer und die Frustration heraus, die ich so lange zurückgehalten hatte. Chris hielt mich fest, seine Arme wie ein Schutzschild um mich gelegt. Er sagte nichts weiter, aber der feste Druck seiner Umarmung beruhigte mich langsam. Der Schmerz war immer noch da, aber er war gedämpfter, als würde Chris ihn mit mir teilen.

»Wir werden ihn finden«, flüsterte er schließlich. »Egal, wie schwer es auch scheinen mag. Wir geben nicht auf.«

»Danke«, murmelte ich und hob den Kopf. »Danke, dass du bei mir bist.«

Er lächelte und wischte sanft die Tränen von meinen Wangen. »Ist doch klar«, sagte er und küsste meine Stirn.

»Weißt du? Ich glaube, du hattest Recht.«

»Hm?«

Ich setzte mich auf und ruhte meinen Kopf an seiner Schulter, während ich einen Schwarm Vögel am Horizont beobachtete. »Vielleicht ist es an der Zeit, dass ich loslasse. Was bringt es mir, so viel Energie auf eine Suche zu vergeuden, die vielleicht nie irgendwelche Resultate hervorbringen wird?«

Chris streichelte mir sanft über den Rücken. »Wenn du mich fragst, hast du schon einiges erreicht. So oder so.«

»Ja, da hast du auch wieder recht. Vor ein paar Wochen wusste ich nichts über meine Großeltern und jetzt habe ich zumindest ein gutes Bild von ihrem Leben. Wenn ich ehrlich sein soll, weiß ich mittlerweile mehr über das Leben von Conrad als über das von meinen lebenden Großeltern.«

Chris brummte zustimmend und legte seinen Arm um mich. »Da habe ich die letzten Tage auch ab und zu drüber nachgedacht. Deine Suche hat mir die Augen dafür geöffnet, wie wenig ich über meinen eigenen Großvater weiß. Er lebt in der Nähe von Hamburg und es wäre eigentlich ein leichtes Spiel für mich, ihn öfter zu besuchen, aber trotzdem sehen wir uns, wenn's hochkommt, einmal alle zwei Monate. Ich glaube, ich habe es schon immer für selbstverständlich gehalten, dass es ihn gibt, und dabei aus den Augen verloren, wie wertvoll das überhaupt ist.«

Ich drehte meinen Kopf zur Seite und küsste Chris auf die Schulter. »Vielleicht stellst du ihn mir ja bald mal vor.«

Chris atmete geräuschvoll durch die Nase aus und schmunzelte. »Ja, das klingt nach einem Plan.«

Langsam richtete ich mich auf und klopfte den Sand von meinen Beinen. Dann streckte ich eine Hand nach Chris aus, um ihm aufzuhelfen.

»Sollen wir?«, fragte ich. »Ich hab genug gesehen.«

»Zu Befehl, Kapitän!«, grinste Chris und begleitete mich zurück zum Auto.

Kapitel Neunzehn

»Rosenwasser?«, stieß Chris aus, nachdem er das Rezept überflogen hatte.

»Ich weiß, es klingt alles so wahllos, aber ich bin mir sicher, es wird schon irgendwie seinen Sinn haben. Vorausgesetzt, wir vermasseln die Torte nicht total.« Ich hievte die zwei Einkaufstüten auf den Küchentisch und begann, alle Zutaten auszuräumen und ordentlich zu sortieren. »War gar nicht so einfach, alles zu bekommen. Ich musste in drei verschiedene Läden fahren.«

»Wow«, sagte Chris beeindruckt, während er sich eine Schürze umband. »Ich hätte wahrscheinlich schon nach dem ersten Laden aufgegeben.«

Ich lachte und schnappte mir eine eigene Schürze, die Chris im Schrank unter der Spüle gefunden hatte. »Es war eine kleine Herausforderung, aber das muss es uns wert sein. Schließlich backen wir gleich ein echtes Geheimrezept. Also streng dich an!«

Chris zog die Augenbrauen hoch und grinste. »Keine Sorge, wir schaffen das schon. Du hast den Meister im Kuchenbacken an deiner Seite.«

»Ach ja?«, fragte ich neckend. »Wann hast du denn das letzte Mal einen Kuchen gebacken?«

Er lachte und gab zu: »Okay, vielleicht bin ich kein Meister, aber ich bin bereit, mein Bestes zu geben.«

»Das hoffe ich«, grinste ich und trat näher an ihn heran, um ihm einen Kuss zu geben. Dann machten wir uns daran, gemeinsam die Küchenutensilien zusammenzusuchen, die Zutaten abzuwiegen und alles vorzubereiten.

»265 Gramm?«, fragte Chris und hielt sich das Blatt Papier näher ans Gesicht, als vermutete er einen Schreibfehler. »Das ist aber wirklich spezifisch.«

Ich zuckte mit den Achseln. »Wenn mein Großvater das so aufgeschrieben hat, wird das schon stimmen. Also nicht schummeln!«

»Puh. Okay.« Chris ging vor dem Tisch in die Knie, um die Waage genau im Blick zu haben, während er die Schüssel darauf vorsichtig mit Mehl befüllte.

»Alles klar. Und weiter im Programm …«

Bald darauf erfüllte der Duft von Safran die

Küche, als ich die goldenen Fäden zusammen mit etwas Zucker in einem Mörser zerstieß.

Ich warf einen zweiten Blick auf die Anweisungen und las laut daraus vor: »Eier und Zucker schaumig schlagen, dann mit dem Safran und restlichen Zucker vermischen.«

Als ich mit diesem Schritt fertig war, kam das ominöse Rosenwasser an die Reihe und ich überließ es Chris, es vorsichtig in die Teigmischung zu gießen. Nachdem er das Fläschchen geöffnet hatte, schnupperte er zunächst an der zarten, blumigen Note.

»Riecht wirklich himmlisch«, sagte er und sah mich dabei an, lang und eindringlich. »Kein Wunder, dass dein Großvater das in sein Rezept gepackt hat.«

»Bin gespannt, wie sehr man das später wirklich rausschmeckt.«

Er kippte es tröpfchenweise in die Schüssel, doch anstatt auf die Waage zu achten, sah er immer wieder zu mir hoch und schmunzelte mich an.

»Hey, pass lieber auf, dass du nicht zu viel nimmst«, sagte ich und trat einen Schritt auf ihn zu, bevor es zu spät war.

»Sorry, Chefin, aber meine Gedanken sind gerade woanders.«

»Ich merk's, Freundchen, und nein, dafür haben wir jetzt wirklich keine Zeit.«

»Sicher?« Er stellte das Fläschchen ab und mit einem energischen Schritt überbrückte er die Distanz zwischen uns. Er packte mich bei den Hüften und zog mich zu ihm, bis unsere Gesichter nur noch wenige Zentimeter voneinander entfernt waren. Ich konnte seinen warmen Atem auf meinen Lippen spüren und sein intensiver Blick ließ mein Herz schlagartig schneller schlagen.

»Chris, die Butter auf dem Herd …«

Seine Hände glitten sanft, aber entschlossen an meinen Seiten hinauf und umfingen meine Taille. Seine Berührung brannte wie Feuer auf meiner Haut und schickte Wellen des Verlangens durch meinen Körper. Für einen Moment verharrten wir so, als ob die Zeit stehen geblieben wäre, eingehüllt in die Elektrizität des Augenblicks.

Dann, ohne Vorwarnung, schloss er die letzten Zentimeter zwischen uns und seine Lippen trafen auf meine. Ich schloss die Augen und ließ mich in seine Arme fallen. Mit einem leisen Seufzer vertiefte er den Kuss, wurde fordernder, leidenschaftlicher.

Dann öffnete ich die Augen wieder und brach unsere Berührung. »So, jetzt aber weiter an die Arbeit«, sagte ich atemlos. »Bevor noch alles in die Hose geht.«

»Hmm«, Chris grinste, seine Augen funkelten

frech. »Bist du sicher, dass der Teig nicht noch etwas warten kann, und wir nach oben …«

»Kommt nicht in Frage«, lachte ich und drückte ihn liebevoll von mir weg. »Konzentration!«

Nachdem der Tortenboden endlich im Ofen war, arbeiteten wir an der Creme weiter, und während ich die Zutaten vermengte, räumte Chris auf und spülte die Utensilien, damit später kein riesiger Berg auf uns wartete.

Knapp eine Stunde später setzten wir uns erschöpft an den Küchentisch und starrten auf unsere Kreation, die auf der gegenüberliegenden Anrichte ruhte. Für einen Augenblick genossen wir die Ruhe, die sich über den Raum legte. Der Duft der Torte erfüllte die Luft und ließ mir das Wasser im Mund zusammenlaufen. Doch ich würde mich noch etwas gedulden müssen, bevor wir sie probieren konnten, denn wir hatten Ruth versprochen, auf sie zu warten.

»Gute Arbeit, Chefin«, sagte Chris und rutschte näher zu mir, um seinen Arm um mich zu legen. »Konditormeister Conrad Hansen würde bestimmt stolz auf uns sein, findest du nicht?«

»Ja«, schmunzelte ich und wischte ihm sanft den Tupfen Mehl weg, der auf seiner Nasenspitze gelandet war. »Das glaube ich auch.« Eigentlich hatte ich damit gerechnet, dass mich die Erwähnung meines Großvaters traurig stimmen würde, doch es traf nichts dergleichen ein. Im Gegenteil. Es war ein befreiendes Gefühl, nicht mehr hinter den Gespenstern meiner Großeltern hinterherzujagen. Sicher hätte es noch eine Menge zu entdecken gegeben, aber andererseits lief ich Gefahr, den Absprung zu verpassen. Wer wusste schon, wann ich genug herausgefunden hatte, um meine Neugier und Wissensdurst zu stillen? Ich wollte absolut nicht, dass das Ganze zu einer Besessenheit führte. Loslassen war definitiv die bessere und gesündere Alternative.

Genieß das Hier und Jetzt, die Zeit mit Chris, die Insel, die Strände und das Rauschen der Wellen.

»Lust eine Runde schwimmen zu gehen?«, fragte ich und sprang von meinem Stuhl auf.

»Ich hüpfe gerne mit dir ins Meer«, sagte Chris und stand auf. Dann nahm er mich bei der Hand und zog mich hinter sich her. »Aber zuerst gibt es da eine Sache nachzuholen, die wir schon vor ein paar Stunden hätten erledigen müssen …«

Kapitel Zwanzig

»Danke, ihr Lieben«, stöhnte Ruth und schob den Kuchenteller von sich weg. »Was für eine Köstlichkeit, aber wenn ich auch nur noch einen Bissen esse, explodiere ich.«

»Schön, dass es dir so gut geschmeckt hat, Mama«, lachte Chris und legte seine eigene Gabel beiseite. »Und dir, Olivia?«

Ich lehnte mich zurück und ließ mir einen weiteres Häppchen unserer Kreation auf der Zunge zergehen. »Ich finde, wir haben das unheimlich gut hinbekommen. Dafür, dass wir Amateure sind und das Rezept von einem echten Meister stammt.«

»Und das Rosenwasser war wirklich die Krönung!«

»Ah! Das war es also, was ich da rausgeschmeckt

habe«, sagte Ruth und nickte zufrieden. »Raffiniert. Hut ab vor deinem Großvater, Olivia. Ich wünschte glatt, ich könnte ihm meine Komplimente persönlich ausrichten.«

»Ich auch«, sagte ich und fühlte einen tauben Schmerz in meinem Herzen. »Ich auch …«

»Ach Mist!«, rief Chris plötzlich und starrte auf seine Armbanduhr. Dann sprang er schlagartig von seinem Stuhl auf.

»Was ist denn?«, fragte ich.

»Zu spät, verdammt, ich komme zu spät.«

Ich tauschte einen Blick mit Ruth aus, doch sie sah mich bloß mit eine Mischung aus Vergnügen, Überraschung und etwas anderem an. Etwas, das wie Mitleid aussah.

»Immer mir der Ruhe, Sohnemann.«

Er sagte nichts, schoss ihr bloß einen dunklen Blick zu.

Ich runzelte die Stirn und öffnete den Mund, um Chris zu fragen, wohin er wollte, doch da stürmte er aus der Küche und verließ ohne sich zu verabschieden das Haus.

»Was um Himmels willen ist denn jetzt los?«, fragte ich und streckte vor Verblüffung die Arme aus.

»Olivia, Schatz«, sagte Ruth und legte den Kopf

zur Seite. »Das ist etwas, dass du ihn besser selber fragen solltest.«

Okay? Geht's noch mysteriöser, bitte?

Ich stand vom Tisch auf und begann, das Geschirr abzuräumen. Doch bevor ich es zur Spüle schaffte, hatte mich Ruth beim Vorbeigehen am Arm festgehalten. »Lass ruhig. Ich mach das nachher. Ach, und Olivia, bevor ich es vergesse. Jemand hat einen Brief für dich bei uns eingeworfen.«

Ich hob eine Augenbraue. »Für mich?«

»Ja, der Umschlag muss persönlich vorbeigebracht worden sein, denn er hat weder eine Briefmarke noch unsere vollständige Adresse vorne drauf. Aber sieh selbst nach, ich habe ihn auf der Kommode im Flur liegen gelassen.« Sie grinste und schlug sich auf den Bauch. »Ich würde ja aufstehen und ihn dir holen, aber ich fürchte, ich kann mich gerade nicht mehr bewegen.«

Ich stand auf und verließ die Küche. Mit leisen Schritten ging ich in den Flur, während ich vor Nervosität auf meiner Unterlippe herumkaute. Auf der Kommode lag der Brief, ein schlichtes, cremefarbenes Kuvert ohne jegliche Markierungen. Mein Name war in einer eleganten, schwungvollen Handschrift darauf geschrieben.

Ich nahm den Umschlag und betrachtete ihn

genauer. Das Papier fühlte sich hochwertig und glatt an. Es hatte etwas Geheimnisvolles, etwas, das mich dazu brachte, den Moment des Öffnens hinauszuzögern. Wer konnte ihn gebracht haben? Und was wollte die Person von mir?

Langsam kehrte ich zur Küche um, den Brief fest in der Hand, doch auf halbem Wege entschied ich mich, stattdessen auf mein Zimmer zu gehen, um den Inhalt ungestört lesen zu können. Ich setzte mich auf mein Bett und öffnete vorsichtig das Kuvert. Darin fand ich ein einzelnes Blatt Papier, ebenfalls von hoher Qualität. Ich sah sofort, dass der Brief in derselben eleganten Handschrift verfasst worden war.

Liebe Olivia,

ich habe mir etwas ausgeliehen, das dir gehört, und nun ist es an der Zeit, es zurückzugeben. Triff mich auf dem Friedhof in Wenningstedt-Braderup. Ich werde dort sein, jeden Tag um 18 Uhr, und am Grabe deines Großvaters auf dich warten. Wir haben einiges zu besprechen.

Hochachtungsvoll

M.K.

Mir schoss das Blut ins Gesicht und ich spürte, wie meine Ohren vor Scham heiß wurden. Wie konnte ich all die Zeit, die ich hier gewesen war, nicht an seine letzte Ruhestätte gedacht haben? Wie konnte ich vergessen, ihn dort zu besuchen, wo er begraben lag? Es war dumm, gar peinlich, und ein Teil von mir verspürte den absurden Drang, mich bei ihm dafür zu entschuldigen.

Nachdem sich der erste Schock gelegt hatte, las ich den Brief ein zweites Mal. M.K. Michael Kronenberg. Keine Frage. Doch was meinte er damit, dass er sich etwas von mir ausgeliehen hatte? Das Tagebuch etwa? Das würde zusätzliche Fragen aufwerfen. Woher wusste er, wer ich bin, wo ich sein würde und dass ich das Tagebuch dabei hatte? Hatte er mich bis ins Info-Center verfolgt? Aber warum?

Meine Gedanken kreisten so schnell und wild in meinem Kopf umher, dass mir schwindlig wurde. Ich fiel rücklings auf mein Kopfkissen und starrte die Decke an, während ich versuchte, mich zu beruhigen.

Langsam wurde mir bewusst, welch glückliche Wendung der Brief bedeutete. Meine Suche war nicht zu Ende, Kronenberg nicht verschwunden. Er war hier und wollte mich treffen. Vielleicht hatte er den letzten Eintrag im Tagebuch gelesen und mich daraufhin kontaktiert.

Ich warf einen Blick auf den altmodischen Wecker auf meinem Nachttisch. 16:30 Uhr. Es gab also noch genügend Zeit.

Dann sprang ich vom Bett auf und machte mich sofort auf den Weg, allerdings nicht, ohne vorher einen kurzen Zwischenstopp beim Blumenbeet vor dem Haus ...

Kapitel Einundzwanzig

»Hallo, Opa.«

Vorsichtig kniete ich mich vor das Grab und lehnte den frischgepflückten Blumenstrauß gegen den Grabstein. Ich hatte noch eine gute halbe Stunde Zeit, bevor M.K. hier auftauchen würde und ich wollte die Möglichkeit nutzen, meinem Großvater zum ersten Mal in meinem Leben wirklich nahe zu sein. Andächtig legte ich eine Hand auf seinen Grabstein. Der raue Granit fühlte sich kühl und unnachgiebig unter meiner Hand an. Die Inschrift, leicht verwittert, erzählte in wenigen Worten von einem Leben, das mir so fern schien und doch Teil meiner Geschichte war. »Conrad Hansen, 1939-2024. Geliebter Ehemann, Vater und begnadeter Konditor.«

Die Stille des Friedhofs wurde nur durch das gelegentliche Rascheln der Blätter und das ferne Zwitschern der Vögel durchbrochen. Ich setzte mich ins Gras und spürte, wie die Feuchtigkeit der Erde langsam durch meine Jeans sickerte. Die Luft roch nach feuchtem Moos und den süßen Aromen der nahen Blumenbeete.

»Hallo, Opa,« begann ich leise, fast flüsternd, »Schön, dich endlich treffen zu dürfen.« Ich spürte einen Kloß im Hals, schluckte ihn aber herunter. »Ich habe dein Tagebuch erhalten. Danke dafür. Danke für den Einblick in dein Leben. Ich wünschte, ich hätte ein Teil davon sein dürfen.«

Eine leichte Brise strich durch die Bäume und ließ die Blätter flüstern. Die Blumen, die ich gebracht hatte, wiegten sich sanft im Wind. Ich zog meine Sommerjacke enger um meine Schultern und ließ meinen Blick über den Friedhof schweifen. Ich bemerkte die sorgfältig gepflegten Gräber, die kleinen Dekorationen und Botschaften, die andere Besucher hinterlassen hatten. Es war schön hier. Ein leises Summen von Insekten mischte sich in die Atmosphäre.

»M.K. wird bald hier sein«, fuhr ich fort und beobachtete, wie eine Hummel träge um die Blumen herumschwirrte. »Michael Kronenberg nehme ich an. Ich bin gespannt, was er mir über dich erzählen kann.«

Für einen Moment schloss ich die Augen, ließ die Stille und die sanften Geräusche der Umgebung auf mich wirken. Als ich die Augen wieder öffnete, bemerkte ich eine Gestalt hinter einem Baum nicht unweit von mir entfernt. Ich lehnte mich zur Seite, um sie besser erkennen zu können, dann trat ein älterer Mann aus dem Schatten des Baumes hervor und kam auf mich zu. Ich runzelte die Stirn, als ich sein Gesicht sah. Irgendwo hatte ich ihn zuvor schon einmal gesehen. Seine Augen waren grimmig, die Wangen eingefallen. Der lange Bart, der ihn wie einen Zauberer aus einem Fantasy-Film aussehen ließ, schwankte im Rhythmus seiner Schritte. Sein langer Mantel und der Stoffbeutel, den er über seiner Schulter trug, verstärkten das Bild.

Dann erinnerte ich mich plötzlich.

Kampen. Die Konditorei. Die dunklen Blicke, die er mir zugeworfen hatte. Mein ignorierter Gruß.

Ich schluckte. Wie schon zuvor in Kampen kam er mir nicht geheuer vor, doch damals konnte ich ihn einfach sitzen lassen. Jetzt kam er zielbewusst auf mich zu und ich wusste nicht, wie ich reagieren sollte.

Ich stand vom Boden auf und klopfte ein paar Grashalme von meiner Hose, bevor ich mich aufrichtete.

Die Kieselsteine des Schotterwegs knirschten unter

seinen Lederschuhen, bevor er vor dem Grab stehen blieb und mich stumm anblickte. Keine zwei Meter trennten uns.

»Olivia Neumann?« Seine Stimme klang dunkel und warm.

»Ja«, sagte ich. »Und Sie sind M…?«

»Michael Kronenberg«, sagte er und kam einen Schritt auf mich zu. Ich gefror innerlich zu Eis, wagte keine Bewegung, bis ich erkannte, dass er mir zur Begrüßung die Hand entgegenstreckte.

Ich zögerte einen weiteren Augenblick, dann löste ich mich aus meiner Starre und schüttelte seine Hand. »Hallo, schön, ähm, schön, Sie kennenzulernen.«

Er nickte und ein schwaches Lächeln blitzte hinter seinem buschigen Bart hervor. »Ich nehme an, du hast schon das ein oder andere über mich in Erfahrung gebracht.«

»Sie waren mit meinem Großvater befreundet. Oder zumindest Geschäftspartner. Sie waren Teileigentümer der Konditorei. Doch was nach dem Brand passiert ist, habe ich nie herausgefunden.«

Er senkte den Blick und schüttelte den Kopf. »Ein schrecklicher Tag. Danach blieb nichts, wie es einmal war.« Er verstummte und zog stattdessen seinen Stoffbeutel hervor, bevor er ihn öffnete und hineingriff.

Dann zog er etwas hervor und hielt es mir hin. »Ich glaube, das gehört dir.«

»Sie waren das also«, sagte ich trocken und nahm das Tagebuch entgegen. »Wo? Im Info-Center?«

»Ja, als du mit dem jungen Mann von der Rezeption nach hinten gegangen bist. Es tut mir leid, dass es so weit gekommen ist. Aber ich hatte meine Gründe.«

Ich hob eine Augenbraue und verschränkte die Arme vor der Brust. »Danke für die Aufrichtigkeit, aber würden Sie mir bitte erklären, was es damit auf sich hat?«

»Hmm«, brummte er und fuhr sich mit den Fingern durch den Bart. Dann lächelte er und seine Augen lachten mit. »Ja, ich denke, das bin ich dir schuldig, nicht wahr?« Er zeigte auf eine Parkbank im Schatten eines Baumes, nicht unweit von uns entfernt. »Aber hättest du etwas dagegen, wenn wir uns hinsetzen? Meine alten Knochen sind müde.«

»Nein, selbstverständlich nicht.«

Nachdem wir Platz genommen hatte, seufzte er tief und legte die Hände in den Schoß. »Wo fange ich am besten an?«

»Wie Sie mich überhaupt gefunden haben«, schlug ich vor.

Er nickte. »Ja. Eine Laune des Schicksals, wenn du mich fragst. Wer hätte schon ahnen können, dass es die

Enkelin von Conrad Hansen mal nach Kampen in meine Stammbäckerei verschlägt, was?« Er lachte laut auf, bis ihn ein kurzer Hustenanfall unterbrach. »Wie ich dich erkannt habe, fragst du dich sicher.« Er beugte sich zu mir herüber und tippte auf den Siegelring an meinem Finger. »Den habe ich deinem Großvater geschenkt. Ha! Vor dreißig Jahren und jetzt taucht er plötzlich wieder auf. Du kannst dir sicher vorstellen, wie hellhörig mich das gemacht hat. Und dann fragst du auch noch nach unserer Konditorei. Da konnte ich einfach nicht anders, als dir zu folgen.«

»Aber warum die Geheimnistuerei. Warum mussten Sie mir das Tagebuch klauen, anstatt mich einfach anzusprechen?«

Ein trauriger Blick stahl sich auf Kronenbergs Gesicht. »Ich habe mich zu sehr geschämt. Ich wusste ja nicht, wie viel du wusstest. Oder besser gesagt, wie wenig! Erst nachdem ich das Tagebuch selbst durchgeblättert hatte, wurde mir bewusst, dass Conrad kaum etwas über mich geschrieben hatte. Über mich und unsere kaputte Freundschaft.«

»Was ist passiert?«

»Der Brand. Unser Lebenswerk ging in Flammen auf. Es hat uns zerrissen. Eine Zeit lang haben wir uns gegenseitig dafür verantwortlich gemacht. Als später dann herauskam, dass der Brand von einem unbekannten Brandstifter angelegt worden war, war es für uns bereits zu spät. Zu viel war passiert, zu viel gesagt worden. Erst Anfang des Jahres, als er mir schrieb, dass er nur noch wenige Monate zu leben hätte, haben wir den Kontakt wieder aufgenommen. Wir haben uns nur noch ein einziges Mal danach gesehen.«

Kronenberg seufzte und griff erneut in seinen Stoffbeutel. Er zog einen Briefumschlag hervor und überreichte ihn mir. Ich drehte ihn in meinen Händen und bemerkte sofort, dass die Lasche des Umschlags bereits aufgerissen war.

Ich sah ihn fragend an.

Er senkte den Blick und faltete die Hände in seinem Schoß. »Noch so eine Sache, auf die ich nicht stolz bin. Der Brief ist für dich. Er ist von Conrad. Ich habe ihn geöffnet und gelesen.«

Ein Hauch von Zorn huschte über mein Gesicht und Kronenberg schien die Veränderung in meiner Miene zu bemerken.

»Bitte verzeih mir«, sagte er. »Ich hatte keine Wahl. Dein Großvater hatte mir etwas versprochen. Er wollte mir etwas vermachen und hat als Gegenleistung bloß verlangt, dass ich seine Enkelin ausfindig mache und ihr diesen Brief überreiche. Doch er schien sein Versprechen nicht halten zu wollen, denn das Rezept hat mich nie erreicht. Ich habe nach seinem Tod selbst das Nachlassgericht kontaktiert, doch niemand wusste etwas zu meiner Person. Ich war so wütend und enttäuscht, dass ich unsere Abmachung einfach ignoriert habe.« Wieder schüttelte er den Kopf und fuhr sich durch den Bart. »Gott, ich schäme mich so. Ich war so egoistisch. Da wird ein alter Freund vom Krebs dahingerafft und ich denke nur an mich.«

»Was wollte er Ihnen vermachen?«

Kronenberg gluckste und sah mich von der Seite aus an. »Ein altes Rezept. Unser Meisterwerk und der absolute Renner in der Konditorei damals.«

Ich hob überrascht den Kopf und drehte mich Kronenberg zu. »Eine Torte mit Safran und Rosenwasser?«

Seine Augen weiteten sich. Dann grinste er ein breites Grinsen, das eine Reihe vergilbter Zähne offenbarte. »Hat er es dir vermacht? Ha! Das gibt es ja nicht!«

»Es lag dem Tagebuch bei. Ein loser Zettel«, sagte ich und fühlte wie von Geisterhand geführt über meine Hosentasche. Ich hielt inne, als ich das Knistern des Papieres hörte. Hatte ich das Rezept wirklich nach dem Backen eingesteckt? Ich konnte mich nicht daran erinnern, doch als ich die Hand in die Hosentasche gleiten ließ und den zerknitterten Zettel hervorholte, bestand kein Zweifel.

»Ist es das etwa?«, fragte Kronenberg und rutschte näher zu mir heran, um einen Blick auf das Blatt Papier in meiner Hand erhaschen zu können. »Wahnsinn.«

»Wir haben die Torte heute gebacken«, schmunzelte ich. »Sie war wirklich gut.«

»Ja, nicht wahr?«

»Und deswegen haben Sie den Brief behalten?«

Er sah beschämt auf den Boden. »Kleinlich, ich weiß.«

Ich zuckte mit den Achseln. »Nicht, wenn es für Sie einen besonderen Wert hat.« Dann hielt ich ihm das Rezept hin. »Sie können es haben.«

Er schrak hoch und drehte sich so schnell zu mir um, dass ich befürchtete, er würde von der Bank rutschen. »Also glaubst du mir?«

»Ich sehe keinen Grund, es nicht zu tun.«

»Oh«, sagte er und fasste sich ans Herz. »Danke, danke, danke. Tausend Mal Danke, Olivia.«

Ich atmete belustigt durch die Nase aus. »Ich sehe damit Ihre Vereinbarung mit meinem Großvater als erfüllt an.« Ich fuhr mit den Fingern über den Briefumschlag. »Werde ich darin etwas erfahren, was ich noch nicht weiß?«

»Das kann ich dir nicht beantworten.«

»Würde es Ihnen, etwas ausmachen, wenn ich ihn gleich sofort lese?«

Er machte eine gleichgültige Geste. »Ganz und gar nicht.«

Ich nickte, dann öffnete ich das Kuvert und begann zu lesen.

An meine Enkelin

Ich schreibe dir diese Zeilen aus den letzten Tagen meines Lebens, mit einem Herzen voller Bedauern und einer Seele, die nach Vergebung sucht. Erst vor kurzem habe ich von deiner Existenz erfahren, und der Gedanke, dass ich dich nie kennenlernen durfte, schmerzt mich zutiefst.

Mein Leben war erfüllt von Höhen und Tiefen, Erfolgen und Misserfolgen. Ich habe vieles gesehen und erlebt, und doch bereue ich nichts mehr, als die verlorene Gelegenheit, dich in meinem Leben zu haben. Dein Vater hat dir unsere Familie verheimlicht, und dafür trage ich die Schuld. Als Vater habe ich versagt und es nicht geschafft, ihn zu einem besseren Menschen zu formen. Meine Fehler und Versäumnisse haben dazu geführt, dass er dich von uns ferngehalten hat.

Ich wünschte, ich könnte dir all die Geschichten und Weisheiten meines Lebens erzählen, dir Trost und Liebe spenden. Leider bleibt mir nur dieser Brief, um dir zu sagen, wie sehr ich bedauere, dich nie getroffen zu haben. Mögest du wissen, dass du trotz allem geliebt bist und dass du einen Platz in meinem Herzen hast, auch wenn unsere Wege sich nie gekreuzt haben.

Leb wohl, meine Enkelin. Mögest du ein glückliches und erfülltes Leben führen und die Fehler deiner Vorfahren vermeiden.

In tiefer Liebe und Reue,
Dein Großvater Conrad Hansen

Meine Hände zitterten, als ich den Brief vorsichtig zusammenfaltete und an meine Brust drückte. Tränen machten sich unaufhaltsam auf den Weg und rollten schließlich über meine Wangen. Ich lehnte mich zurück und schloss die Augen, ließ die Worte meines Großvaters, die voller Bedauern und unerfüllter Liebe waren, durch mich hindurchfließen. Die Reue, die aus jeder Zeile sprach, traf mich tief. Ich konnte die Sehnsucht spüren, die in seinen Worten lag, und der Schmerz darüber, dass unser Leben sich niemals gekreuzt hatte, lastete schwer auf meinem Herzen.

»Es tut mir leid«, hörte ich Kronenberg flüstern. Ich öffnete die Augen und wischte mir die Tränen vom Gesicht.

»Schon okay«, sagte ich und versuchte, mich zu fangen. »Darf ich Sie noch etwas fragen?«

»Nur zu.«

»Haben Sie meinen Vater gekannt?«

Kronenberg nickte. »Conrad hat ihn öfter mit in die Konditorei genommen. Er war ein schwieriges Kind. Ein richtiger Rabauke. Conrad hat sich oft Vorwürfe gemacht. Er hat die Schuld bei sich selbst gesehen, dass sein Sohn so geworden ist, wie er ist. Aber ich war immer der Meinung, er war zu hart zu sich selbst. Er hat sein Bestes gegeben. Es kann nicht leicht gewesen, sich allein um das Kind zu kümmern. Ganz ohne Mutter.«

Ich schluckte schwer. Was ich hörte, gab mir eine

andere Perspektive auf das vage Bild, was ich über meinen Vater hatte, auch wenn es nicht entschuldigte, was er meiner Mutter angetan hatte. »Und später?«

»Er hat eine Handwerksausbildung gemacht. Schreiner, glaube ich. Er war wohl ganz gut darin. Sein Job hat ihn später durch ganz Deutschland geführt. Und noch später dann in die USA. Die Leute dort lieben deutsche Handwerker. Na ja, jedenfalls hat Conrad nicht mehr viel von ihm gehört, als er erstmal ausgewandert war. Erst kurz vor seinem Tod haben die beiden den Kontakt anscheinend wieder aufgenommen, aber das weißt du sicher auch bereits. Schließlich haben wir beide dasselbe Tagebuch gelesen.«

Ich schmunzelte, obwohl die Gedanken an meinen Vater einen bitteren Beigeschmack hinterließen.

»Aber darf ich dir einen Ratschlag geben? All das ist schon längst Geschichte. Wenn ich eines in meinem Leben gelernt habe, dann dass es nichts bringt, ständig hinter sich zu blicken. Vorwärts ist die einzige Richtung, in die es im Endeffekt geht. Aber nur an die Zukunft zu denken, macht einen auch nur verrückt. Deshalb versuche ich, jeden Moment voll auszukosten.«

Ich nickte und dachte daran, wie viel Zeit ich mit der Suche nach Antworten vergeudet hatte, anstatt meinen Urlaub in vollen Zügen zu genießen. »Ja, da haben Sie recht. So etwas in der Art habe ich mir letztens auch schon gedacht, aber es ist nicht so einfach, das umzusetzen.«

Kronenberg sah mich mit gutmütigen Augen an und stand auf. »Noch ein Ratschlag: Das Ganze wird einfacher, wenn man seine Gegenwart mit jemand anderem teilen kann.«

Ich musste schmunzeln, denn meine Gedanken wanderten unfreiwillig zu Chris und wie gut er mir tat.

»Danke«, sagte ich und erhob mich ebenfalls von der Bank, bevor ich den Brief in das Tagebuch legte und beides in meiner Handtasche verschwinden ließ. »Für alles.«

Wir wünschten uns gegenseitig einen schönen Abend, bevor wir uns in entgegengesetzte Richtungen aufmachten.

»Du hast seine Augen!«, rief er mir noch aus einiger Entfernung zu.

Ich lächelte und warf ihm einen letzten Blick über die Schulter zurück. »Auf Wiedersehen, Herr Kronenberg.«

Kapitel Zweiundzwanzig

Ich kehrte über denselben Weg zurück, den ich gekommen war, doch kurz bevor ich die Tore des Friedhofs erreichte, bemerkte ich aus dem Augenwinkel eine bekannte Silhouette. Ich verlangsamte meine Schritte und wagte einen zweiten Blick. Da hockte er. Chris. Mein Chris. Hockte mit der Stirn gegen einen Grabstein gelehnt und weinte. Etwas Scharfes stach wie ein Messer in meine Brust und schlagartig fühlte ich mich, als wäre mein Magen zu Eis geworden. Tausend Fragen schossen mir durch den Kopf, doch ich beschloss mich, Chris nicht zu stören und setzte zu meinem nächsten Schritt an. Der Schotter knirschte unter meinen Schuhen und durchschnitt die plötzliche Stille.

Chris hob den Kopf und wischte hastig über seine

Augen, als er mich bemerkte. »Olivia«, flüsterte er, seine Stimme rau vor unterdrückten Emotionen. Ein gequältes Lächeln huschte über seine Lippen. »Gott, was machst du denn hier?«

»Das ist eine lange Geschichte, von der ich dir gerne später erzähle«, antwortete ich leise und trat näher, unsicher, ob ich bleiben oder gehen sollte. »Alles in Ordnung?«

Chris nickte, doch seine Augen erzählten eine andere Geschichte. »Es ist nur …« Er schluckte schwer, bevor er fortfuhr: »Das ist das Grab meines Freundes, Tom. Er ist vor vier Monaten bei einem Autounfall ums Leben gekommen.«

Ich setzte mich neben ihn auf die kalte, feuchte Erde, und für einen Moment schwiegen wir beide, lauschten nur dem sanften Rauschen der Bäume und dem entfernten Zwitschern der Vögel.

»Ich hatte ja keine Ahnung«, sagte ich schließlich und legte eine Hand an seinen Arm. »Willst du mir von ihm erzählen?«

Chris seufzte tief. »Tom und ich, wir waren wie Brüder, kannten uns schon von Kindsbeinen an. Wir haben zusammen so einiges durchgestanden. Aber …« Seine Stimme brach, und er presste die Hände fest gegen seine Stirn. »In den letzten Jahren war ich so beschäftigt mit meinem eigenen Leben, dass ich ihn und unsere Freundschaft ziemlich vernachlässigt habe. Er brauchte mich, und ich war nicht da.«

Meine Hand fuhr zu seiner Schulter hinauf und ich spürte die Anspannung in seinen Muskeln. »Bist du sicher, dass du nicht zu hart zu dir selbst bist?«

Er schüttelte den Kopf. Dann sah er mich an, seine Augen voller Schmerz und Schuld. »Du verstehst nicht, Olivia. Ich war in Hamburg, er blieb hier auf Sylt. Ihm ging es nicht gut, das habe ich immer geahnt, doch er hat mir nie von seinen Sorgen erzählt. Er nach seinem Tod habe ich von seiner Freundin davon erfahren. Er hatte Spielschulden, litt unter Depressionen und fing an, Probleme mit Alkoholmissbrauch zu entwickeln. Der Unfall ...« Chris verstummte und fasste sich an den Hals. »Er war nicht nüchtern, als er sich hinters Steuer gesetzt hat. Und dafür gebe ich mir die Schuld. Ich hätte mich um ihn kümmern sollen. Ich habe gespürt, dass es ihm nicht gut geht, doch ich habe es ignoriert und mich auf meinen Kram konzentriert. Ich wollte es nicht wahrhaben und dann habe ich die Quittung dafür kassiert.«

»Oh, Chris«, seufzte ich und lehnte den Kopf an seine Schulter. »Nichts davon ist fair. Du bist ein guter Mensch, lass dir von niemandem etwas anderes einreden. So, wie du dich für meine Angelegenheit ins Zeug gelegt hast, beweist das.«

Er atmete geräuschvoll durch die Nase aus. »Da wäre ich mir nicht so sicher. Weißt du, warum ich dir geholfen habe?« Er zeigte auf den Grabstein. »Wegen Tom. Wenn ich schon nicht ihm helfen konnte, so habe ich mich selbst herausgefordert, dem nächstbesten Menschen zu helfen, der mir über den Weg läuft. Und dann warst du plötzlich da und …«

Ich konnte plötzlich nicht anders, als zu lachen. »Und deshalb glaubst du, dass du kein guter Mensch wärst? Chris, nichts könnte weiter von der Wahrheit entfernt sein. Vertrau mir, wenn ich dir sage, dass du der liebste und beste Mann bist, der mir je untergekommen ist.«

Er schüttelte den Kopf, aber ich zog ihn in eine Umarmung, hielt ihn fest, während seine Tränen erneut zu fließen begannen.

»Ach, du …«, flüsterte ich und drückte ihn noch fester an mich. Eine Weile verharrten wir so, während der kühle Abendwind über unsere Köpfe hinweg wehte. Dann spürte ich eine Bewegung und Chris legte seinen Arm um meine Schulter. Jetzt war die Reihe an ihm, mich fest an sich zu ziehen.

»Danke, dass du hier bist, Olivia«, sagte er und küsste mein Haar. Ich spürte seinen heißen Atem auf meiner Kopfhaut und schloss die Augen in seiner innigen Umarmung. Ein tiefes Gefühl von Sicherheit und Geborgenheit durchströmte mich.

»Ich wünschte, wir hätten mehr Zeit«, flüsterte ich, als mich der Gedanke an meine baldige Abreise traf.

Er zog sich ein Stück zurück und sah mich an, seine Augen suchten meine. »Nicht, Olivia ... Lass uns nicht daran denken. Nicht heute, okay?«

Ein schwaches Lächeln huschte über meine Lippen, und ich legte meine Hand sanft an seine Wange. »Ich werd's versuchen. Aber eventuell werde ich deine Hilfe dabei brauchen.«

Chris erwiderte mein Lächeln, seine Augen funkelten im goldenen Licht der Abendsonne. Er neigte den Kopf ein wenig, seine Stirn berührte meine, während sein Atem warm und vertraut über meine Lippen strich. Für einen Moment war alles still, es gab nur das leise Rascheln der Blätter im Wind und das sanfte Pochen meines Herzens.

»Darauf kannst du dich verlassen. Immer«, murmelte er, seine Stimme kaum mehr als ein Flüstern, das direkt in meine Seele drang. Langsam näherte er sich mir, als wollte er mir Zeit geben, mich zurückzuziehen. Doch ich wollte nichts anderes, als ihm näher zu sein. Mit einem letzten, zärtlichen Blick ließ er die Distanz zwischen uns verschwinden. Seine Lippen trafen auf meine, zögerlich, als wollte er sicher sein, dass es auch wirklich geschah. Der Kuss war weich, fast wie eine Frage, die ich mit einem leisen Seufzen beantwortete. In diesem Augenblick lösten sich alle Sorgen, alle Ängste auf, und alles, was blieb, war die Wärme unserer Berührung. Die Zeit schien stillzustehen, als ob die Welt für einen Atemzug innehielt, um uns diesen einen Moment zu schenken. Einen Moment, der uns gehörte, nur uns beiden. Für immer, komme was wolle.

Kapitel Dreiundzwanzig

Der letzte Abend meines Urlaubs kam schneller, als mir lieb war. Chris und ich hatten fast jede freie Minute miteinander verbracht und waren uns näher gekommen, als ich es in der kurzen Zeit für möglich gehalten hatte. Er erzählte mir oft von Tom und seiner Kindheit auf Sylt, den Ausflügen aufs Festland und der innigen Freundschaft, die die beiden Männer ihr Leben lang begleitet hatte. Wir saßen jeden Abend zusammen auf der Veranda hinterm Haus, tranken Wein und sahen der Sonne dabei zu, wie sie hinterm Horizont verschwand.

Doch jetzt war der Abschied beinahe greifbar und hing wie eine dunkle Gewitterwolke über unserem letzten Tag. Nur Ruth schien sich nicht die Laune davon verderben zu lassen.

»Ich hoffe, ich habe nicht übertrieben«, lachte sie, während sie die letzte Schüssel auf den Esstisch stellte. »Aber zur Feier des Tages wollte ich noch einmal richtig auftischen.«

Der Duft, der den Raum erfüllte, war überwältigend. Es war eine Symphonie von Aromen, die meine Sinne berauschte – warmes Brot, frisch aus dem Ofen, duftete nach Kräutern und Butter; ein Braten, perfekt gegart, verströmte eine würzige Note, die mir das Wasser im Mund zusammenlaufen ließ. Ein Salat aus frischem Blattgemüse, gekrönt mit saftigen Granatapfelkernen und gerösteten Nüssen, brachte frische Farben und Leichtigkeit auf den Tisch. Dieses Mal hatte Ruth sich wirklich selbst übertroffen.

»Zur Feier des Tages?«, fragte ich und konnte ein breites Grinsen nicht unterdrücken. »Ruth, du hast ein Festmahl für Könige gezaubert.«

»Ach du«, sagte sie und winkte lachend ab. »Jetzt übertreibst du aber.«

Chris schenkte uns Rosé ein, bevor er sich neben mich setzte. »Nein, Mama, Olivia hat recht. Das ist wirklich bombastisch!«

»Ich tue nur meine Pflicht als Gastgeberin. Und jetzt guten Appetit, meine Lieben!«

Wir stießen an und aßen mit Genuss, unterhielten uns und lachten ausgelassen. Ich berichtete von meiner

Begegnung mit Michael Kronenberg und den neuesten Erkenntnissen über meine Familie väterlicherseits. Ruth lauschte neugierig und schenkte mir ermutigende Blicke, während ich sprach.

Als sich der Hauptgang dem Ende zu neigte, räusperte Ruth sich schließlich und stand vom Tisch auf. Sie strich sich das ausladende Sommerkleid glatt, das ihre üppigen Kurven elegant versteckte. Dann sah sie in die Runde, nahm ihr Glas und hielt es in die Höhe.

»Ich möchte eine weitere Sache mit euch feiern. Chris, eigentlich müsstest du es wissen. Unsere kleine Pension feiert nämlich heute ihren zehnten Jahrestag.

»Oh!«, rief ich und hob mein Glas. »Gratuliere!«

»Dankeschön«, sagte Ruth und ihre Wangen nahmen ein noch tieferes Rosa an, als normal. Sie senkte den Blick und verstummte für einen Moment, dann wendete sie sich an ihren Sohn. »Chris, du bist mir eine so große Hilfe und ich bin dir so unendlich dankbar für all den Kram, den du mir abnimmst. Die Buchungen, den Schriftverkehr, die finanziellen Dinge. Ohne dich würde hier nichts laufen.«

»Ist doch selbstverständlich«, sagte er und während er sprach, griff er unterm Tisch nach meiner Hand. Ich fühlte seine Finger und die elektrisierende Wärme, die von ihnen ausging.

»Wir haben so viel erreicht und ich bin so unfassbar stolz auf dich«, fuhr Ruth fort. »Aber ich bin etwas müde geworden. Ich möchte die Welt sehen, bevor ich zu alt dafür werde. Sylt ist schön, aber es gibt noch so viel mehr zu entdecken. Ich habe fast mein ganzes Leben auf unserer Insel verbracht. Doch jetzt ist es an der Zeit für mich, endlich meine Flügel auszubreiten und zu sehen, wohin mich der Wind treibt. Deshalb möchte ich, dass die Pension vollständig an dich übergeht. Dir kann ich vertrauen, du wirst sie mit Herzblut weiterführen, bis ich wieder zurückkomme.«

»Mama, ich ...«, sagte Chris und verstummte. Er ließ meine Hand los und umfasste stattdessen sein Weinglas. In Gedanken verloren, fuhr er mit dem Zeigefinger über den Glasrand. »Mein Job in Hamburg, meine Wohnung.«

»An Geld soll es dir nicht fehlen, dafür werden dein Vater und ich schon Sorgen. Dein Zimmer hier bleibt dir erhalten.

»Ich muss darüber nachdenken«, sagte Chris.

»Aber natürlich«, nickte Ruth und nahm wieder Platz. Falls sie enttäuscht war, ließ sie es sich nicht anmerken. »Lass dir so viel Zeit, wie du brauchst. Wie wäre es stattdessen erst mal mit ein bisschen Nachtisch?«

Ohne eine Antwort von uns abzuwarten, sprang sie erneut von ihrem Stuhl auf und eilte zum Kühlschrank.

»Hierfür«, begann sie und ging vor der geöffneten Kühlschranktür in die Hocke, »muss ich mich bei dir bedanken, Olivia. Bei dir und deinem Großvater. Er war wirklich ein Genie.«

Als sie sich wieder aufrichtete und zu uns umdrehte, hielt sie einen großen Kuchenteller in den Händen, darauf unverkennbar die Kreation meines Großvaters.

»Wow«, sagte ich atemlos. »Aber wie? Ich habe das Rezept doch an Kronenberg zurückgegeben.«

»Tja, Liebes.« Ruth grinste schelmisch, während sie den Kuchenteller auf den Esstisch stellte. »Ich bin eben ein schlauer Fuchs und habe den Zettel schnell abfotografiert, als ich ihn vor ein paar Tagen auf der Anrichte liegen gesehen habe.«

Ich schüttelte ungläubig den Kopf, doch innerlich war ich froh, dass das Rezept nicht allein in den Händen eines alternden Mannes geblieben war.

Eigentlich müsste man die ganze Welt daran teilhaben lassen!

Ruth rieb sich die Hände, dann hielt sie ihren Tortenheber hoch. »So, wer von euch willst als Erster?«

Chris und ich sahen uns schmunzelnd an, bevor unsere Hände zeitgleich in die Höhe schossen.

»Ha! Hier, bitte sehr«, sagte Ruth und reicht mir den Tortenheber. Macht das unter euch aus.«

Chris zwinkerte mir zu. »Ladies first.«

Ich lachte. »Siehst du? Doch du bist ja wohl ein netter Kerl!«

Nach dem Essen vertrat ich mir die Füße am Strand, während Ruth und Chris gemeinsam den Abwasch machten und die Küche aufräumten. Der Wind trug die letzten Geräusche des Tages über die Dünen hinweg, und die Wellen rollten leise ans Ufer, als ob sie das nahende Ende spüren konnten.

Der Sand unter meinen Füßen war noch warm von der Sonne, die sich langsam dem Horizont entgegen neigte. Die Farben des Himmels waren wie in einem Gemälde. Pastellrosa, Lila und ein sanftes Orange vermischten sich, während das Licht immer schwächer wurde. Die Nordsee glitzerte im sanften Abendlicht, und der Geruch von Salz und Algen stieg mir in die Nase, vermischt mit einer Spur von verblasster Sommerwärme.

Melancholie und Wehmut stiegen in mir auf. Morgen um diese Uhrzeit würde ich bereits wieder zuhause sein. Dieses Mal sah ich meiner Zugreise ohne jegliche Vorfreude entgegen. Ich wollte nicht mehr fort, wollte hier bleiben und für immer in der kleinen Pension leben.

Die Möwen, die noch immer am Himmel kreisten, begannen, sich in die Ferne zurückzuziehen, als ob auch sie den bevorstehenden Abschied spürten. Das sanfte Rauschen der Wellen, das rhythmische Tosen, das so beruhigend und vertraut war, klang nun wie ein trauriges Lied, ein leises Abschiedslied der Natur.

Dann klingelte mein Handy, und ein Blick auf das Display genügte, um meiner Laune neuen Aufschwung zu geben.

»Hey, Maja«, sagte ich. »Du rufst genau zum richtigen Zeitpunkt an.«

»Hey, Schatz. Alles ok? Du hörst dich traurig an.«

»Ach, letzter Abend, Abschiedsschmerz. Du weißt schon.«

»Dich hat's ganz schon erwischt, wie?«

Ich seufzte schwer und malte mit dem großen Zeh Linien in den Sand. »Kann man so sagen. Auch wenn ich überhaupt nicht damit gerechnet habe.«

»Das tut man doch nie, oder?«

Ich lächelte schwach. »Auch wieder wahr.«

»Wie schlimm ist es denn? Bist du ... verliebt in ihn? Wenn ja, dann musst du es ihm unbedingt sagen. So etwas lässt man nie ungesagt, sonst warten später bloß Reue, Bedauern und Sorgen über das Was-Wäre-Wenn auf einen.«

»Ich werd ihn wirklich vermissen, sein warmes Lachen, sein gutes Herz und …«

»Den phänomenalen Sex?«

»Maja …«, raunte ich und stieß den Atem geräuschvoll aus. »Seine grünen Augen, wollte ich sagen. Aber ja, du hast recht, auch den werd ich vermissen.«

Ich setzte mich in den Sand, zog die Knie an die Brust und schaute auf das Meer hinaus. Die Sonne begann bereits, sich am Horizont zu neigen, und ihre letzten Strahlen tanzten über die Wellen.

»Verliebt, hmm?«, wiederholte ich und ließ das Wort auf meiner Zunge zergehen, als ob ich es zum ersten Mal schmecken würde. »Ich weiß nicht, ob es wirklich Liebe ist, Maja. Vielleicht ist es einfach nur diese Magie, die solche Urlaubsbekanntschaften mit sich bringen. Dieses Gefühl, dass alles möglich ist, weil der Alltag so weit weg ist. Aber gleichzeitig … da ist etwas zwischen uns, das sich so echt anfühlt. Als ob wir uns schon ewig kennen.«

Maja schwieg einen Moment, und ich konnte fast hören, wie sie an der anderen Leitung nach den richtigen Worten suchte. »Weißt du, es gibt kein Regelwerk für solche Dinge«, sagte sie schließlich leise. »Manchmal passiert es eben einfach. Aber was ist mit ihm? Hat er dir gegenüber etwas in die Richtung angedeutet?«

Ich biss mir auf die Unterlippe und dachte an die Momente zurück, die Chris und ich in den letzten Tagen geteilt hatten. Die langen Spaziergänge am Strand, die endlosen Gespräche bei einem Glas Wein, das warme Gefühl, wenn seine Hand ganz zufällig die meine streifte.

»Er war so aufmerksam, Maja. Und es gab da diese Blicke ... als ob er genauso empfindet wie ich. Aber wir haben nie darüber gesprochen, was nach morgen sein wird. Vielleicht haben wir es beide noch nicht gewagt, aus Angst, dass der Zauber damit verfliegen könnte.«

»Oder weil ihr Angst habt, dass es kompliziert werden könnte«, fügte Maja hinzu. »Das verstehe ich, aber ...« Sie hielt inne, und ich konnte hören, wie sie tief Luft holte. »Schatz, manchmal müssen wir das Risiko eingehen, um zu erfahren, was wirklich möglich ist. Wenn du das Gefühl hast, dass da mehr zwischen euch ist, dann solltest du es ihm sagen. Wer weiß, vielleicht fühlt er genauso und wartet nur darauf, dass du den ersten Schritt machst.«

Ich schloss die Augen und spürte die kühle Brise, die durch mein Haar wehte. Maja hatte recht, wie so oft. Aber die Vorstellung, Chris meine Gefühle zu gestehen, machte mir genauso viel Angst, wie ihn einfach ziehen zu lassen. »Was, wenn er nicht dasselbe empfindet?«, fragte ich leise, fast flüsternd.

»Dann weißt du es wenigstens und kannst weitermachen, ohne dich zu fragen, was hätte sein können«, erwiderte Maja sanft. »Aber ich habe das Gefühl, dass du es bereuen würdest, es nicht versucht zu haben. Und was ist, wenn er dasselbe empfindet? Dann habt ihr beide eine Chance, die ihr nicht verpassen solltet. Auch wenn es einige Hürden zu überwinden gäbe.«

Ich öffnete die Augen und sah, wie die Sonne über dem Horizont schwebte. Die letzten goldenen Strahlen verfärbten sich langsam zu einem tiefen Orange und Rosa. Ein neues Gefühl stieg in mir auf – keine Melancholie mehr, sondern ein Funken Hoffnung, gemischt mit einer leichten Aufregung.

»Vielleicht hast du recht«, murmelte ich. »Ich werde es ihm sagen. Ich werde ihm sagen, was ich fühle, bevor ich gehe.«

»Das ist meine mutige Freundin«, sagte Maja mit einem Lächeln in der Stimme. »Und egal, was passiert, ich bin immer für dich da.«

»Danke«, flüsterte ich, meine Stimme zitterte leicht vor Emotionen. »Stell schon mal den Weißwein kalt, für den Fall der Fälle.«

Wir lachten gemeinsam, dann verabschiedeten wir uns, und als ich das Gespräch beendete, fühlte ich, wie eine seltsame Ruhe über mich kam. Die Nacht war fast hier, und der Wind trug den Duft von Salz und Algen zu mir herüber, als ich mich aufrichtete.

Kapitel Vierundzwanzig

Es war nach Mitternacht, als Chris und ich erschöpft auf unsere Kopfkissen zurückrollten. Wir hatten uns leise geliebt, ohne einen Mucks zu machen, doch dafür war es umso intensiver gewesen.

»Das werd ich echt vermissen«, raunte Chris und streichelte mir über die nackte Schulter.

»Und ich erst.« Meine Stimme klang ruhig, aber tief in mir tobte ein Sturm aus Gefühlen. In der Stille, die zwischen uns lag, spürte ich das Gewicht der unausgesprochenen Worte, die sich in meinem Herzen angesammelt hatten. Die Dunkelheit des Zimmers schien sicher, ein stiller Zeuge unserer Nähe, und doch schürte sie meine Angst. Was, wenn meine Worte alles zerstörten?

Ich drehte mich zu Chris und betrachtete sein

Gesicht im schwachen Mondlicht, das durch die Vorhänge schimmerte. Seine Augen waren halb geschlossen, seine Lippen zu einem leichten Lächeln verzogen. In diesem Moment wirkte er so entspannt, so sorglos, als ob er für einen Augenblick genauso die Welt um uns vergessen hätte wie ich. Doch tief in mir wusste ich, dass dies der richtige Moment war – der einzige Moment, um das auszusprechen, was auf meiner Seele brannte.

»Chris«, begann ich leise, »da ist etwas, das ich dir sagen muss.«

Seine Augen öffneten sich ganz, und er sah mich aufmerksam an. »Was hast du auf dem Herzen?« Seine Stimme war sanft, fast besorgt.

Ich schluckte schwer und spürte, wie mein Herz schneller schlug. »Ich weiß, dass wir uns erst seit ein paar Tagen kennen, und ich weiß, dass das, was ich fühle, vielleicht verrückt erscheint ... Aber ich habe das Gefühl, dass du eine Lücke in mir füllst, von der ich nicht einmal wusste, dass sie existierte. Und jetzt ... jetzt kann ich mir nicht mehr vorstellen, ohne dich zu sein.«

Chris sagte nichts, aber seine Hand, die immer noch sanft meine Schulter streichelte, verharrte in ihrer Bewegung. Er sah mich mit einer Intensität an, die mich beinahe erschreckte, als ob er versuchte, in meinen Gedanken zu lesen, in mein Herz zu sehen.

»Ich weiß, es klingt dramatisch«, fuhr ich fort, »aber ich musste es dir sagen. Ich kann nicht einfach morgen gehen, ohne dass du weißt, was du mir bedeutest. Ich will nicht zurück in mein altes Leben, als ob nichts passiert wäre. Ich will nicht einfach eine schöne Erinnerung an einen Sommer auf Sylt, an den ich ab und zu denke. Ich will dich, Chris. Und ich will, dass wir es versuchen, auch wenn es nicht einfach wird, auch wenn wir weit voneinander entfernt leben. Ich mag dich – mehr, als ich es für möglich gehalten hätte.«

Eine unendliche Stille breitete sich zwischen uns aus, und ich konnte den rasenden Puls in meiner Brust fast nicht ertragen. Was, wenn ich zu viel gesagt hatte? Was, wenn ich ihn damit überforderte? Meine Gedanken rasten, doch bevor ich in Panik verfallen konnte, spürte ich, wie seine Hand langsam an meinem Rücken entlangwanderte, mich zu sich zog.

»Olivia ...«, begann er, und seine Stimme zitterte leicht, »ich wusste, dass du etwas Besonderes bist, vom ersten Moment an, als wir uns begegnet sind. Aber ich hatte keine Ahnung, dass alles so kommen würde, wie es gekommen ist.« Er hielt inne und suchte nach den richtigen Worten. »Weißt du, ich bin eigentlich immer vorsichtig gewesen, mich auf jemanden einzulassen. Aber bei dir …« Er lächelte, ein Lächeln, das sein ganzes Gesicht erhellte. »Bei dir fühlt es sich einfach richtig an.«

Ich spürte, wie Tränen in meinen Augen brannten, aber es waren keine Tränen des Schmerzes oder der Angst. Es waren Tränen der Erleichterung, der Freude. »Chris …«, flüsterte ich, unfähig, mehr zu sagen.

Er strich mir eine Strähne aus dem Gesicht, seine Finger zitterten leicht. »Ich mag dich, Olivia. Ich mag dich wirklich. Und ich will nicht, dass das einfach nur eine Urlaubsliebelei bleibt. Ich will sehen, wohin uns das führen kann. Ich will, dass wir das gemeinsam herausfinden.«

Ich konnte nicht mehr anders. Eine Träne löste sich aus meinen Augen und rollte meine Wange hinab. »Ich mag dich auch«, sagte ich und konnte nicht verhindern, dass meine Stimme bebte. »Und ich bin bereit, es zu versuchen. Egal, wie weit wir voneinander entfernt sind. Hamburg, Köln, was ist das schon? Wofür gibt es schließlich den HKX?«

Chris zog mich noch näher zu sich, sodass ich seinen Herzschlag spüren konnte. »Dann lass uns das versprechen«, sagte er leise. »Lass uns versprechen, dass wir es versuchen. Egal, was kommt.«

»Versprochen«, flüsterte ich, meine Lippen dicht an seinem Ohr.

Und in dieser Nacht, umgeben von der stillen Dunkelheit und dem sanften Rauschen des Meeres, hielten wir uns fest, als ob wir uns gegenseitig nie wieder loslassen wollten. Ein neues Kapitel in unserem Leben hatte begonnen, und obwohl die Zukunft unsicher war, wusste ich eines ganz sicher: Ich war bereit, alles dafür zu geben, dass es funktionierte.

Epilog

EIN JAHR SPÄTER

Die Sonne brannte heiß auf unsere Köpfe hinab, doch eine frische Brise, die vom Meer aus wehte, verschaffte wohltuende Abkühlung. Ich lehnte mich in unserem Strandkorb zurück und schob Chris eine Weintraube in den Mund. Er schnappte spielerisch danach und grinste mich an, während er sich weiter in die Kissen zurücklehnte. Sein Lächeln hatte immer noch dieselbe Wirkung auf mich wie damals, als wir uns zum ersten Mal begegnet waren – ein Kribbeln, das in meinem Bauch tanzte und sich bis in mein Herz ausbreitete.

»Meinst du«, sagte er dann, »der heutige Tag wird einen Eintrag in dein Tagebuch finden?«

Ich sah auf das kleine Buch mit Ledereinband

hinab, das ich neben mich gelegt hatte. »Darauf kannst du wetten.« Ich hatte es mir nach meiner Heimreise vor einem Jahr in einer Buchhandlung gekauft, um die Tradition meines Großvaters wieder aufzunehmen und einschlägige Ereignisse in meinem Leben schriftlich festzuhalten. Als Mädchen war ich nie an Tagebüchern interessiert gewesen, doch jetzt hatte sich das alles geändert. Und wer wusste schon, wem meine Geschichte in fünfzig Jahren oder später noch in die Hände fallen würde.

»Weißt du was? Ich glaube, ich mache jetzt sofort den nächsten Eintrag: Chris und ich zurück auf Sylt. Das Leben ist gut.«

»Nur gut?«, grinste Chris.

»Okay, dann eben phänomenal!« Ich lachte auf und griff nach meinem Kugelschreiber, doch er fiel mir kurz darauf aus der Hand und landete im Sand zu unseren Füßen.

»Tollpatschig wie immer«, stöhnte ich und machte mich gerade bereit, aufzustehen, als Chris mich am Arm festhielt.

»Warte! Beweg dich keinen Millimeter weiter!«

Ich erstarrte vor Schreck und starrte ihn mit offenem Mund an. »Was? Was ist los?«, flüsterte ich. »Habe ich etwa eine ... Hornisse auf dem Kopf sitzen?«

Chris schmunzelte, dann zeigte er nach unten auf den Saum meines Kleids.

»Das gibt's doch nicht«, lachte ich.

Mein Kleid hatte sich an einer aus der Innenwand des Strandkorbes hervorstehenden Schraube verfangen und wäre mit hundertprozentiger Wahrscheinlichkeit gerissen, wenn mich Chris nicht vom Aufstehen abgehalten hätten.

»Das wollen wir nicht noch einmal durchmachen, oder?«, lachte er.

»Puh, aber eigentlich war es doch der Start von etwas unfassbar Schönem, oder nicht?«

»Ja, aber wenn mich nicht alles täuscht, hast du dieses Mal keinen Ersatz mit dabei.«

Wir lachten beide auf, dann friemelte ich das Kleid aus seiner Falle und stand auf, um mir den Stift zu schnappen. Chris sah mir aus dem Augenwinkel dabei zu, wie ich den nächsten Eintrag in mein Tagebuch niederschrieb. Währenddessen streichelte er mir sanft über meine Schulter und schickte ein prickelndes Kribbeln durch meinen Oberkörper, bis sich Gänsehaut um meine Arme legte.

»Hättest du damals gedacht, dass wir ein Jahr später genau hier sitzen würden?«, fragte ich schließlich und beobachtete, wie die Wellen sanft an den Strand rollten.

Chris legte seinen Arm um mich und zog mich näher zu sich. »Wenn ich ehrlich bin, hatte ich damals keine Ahnung, was auf uns zukommt. Aber jetzt könnte ich mir nichts anderes mehr vorstellen.« Seine Stimme war warm und beruhigend, wie das Meer, das vor uns lag.

Wir schwiegen einen Moment und genossen die friedliche Atmosphäre um uns herum. In der Ferne konnte man die Umrisse einiger Seehunde auf einer Sandbank erkennen, die sich in der Sonne aalten. Ich lächelte bei dem Anblick und dachte an das erste Mal zurück, als ich eine Robbe aus der Nähe gesehen hatte – eine kleine Robbe mit großen, neugierigen Augen, die mich sofort verzaubert hatte.

»Glaubst du, Happy ist dort draußen?«, fragte ich und deutete auf die Seehunde, die sich träge auf der Sandbank bewegten.

Chris folgte meinem Blick und lächelte. »Ich bin mir sicher, dass der kleine Racker dort ist. Er hat dich damals ins Herz geschlossen, genauso wie ich.« Chris sah mich an, und seine Augen strahlten eine Wärme aus, die mein Herz höher schlagen ließ. »Wer hätte gedacht, dass du nach einem Jahr die Patin einer Robbe und ab sofort sogar eine waschechte Einheimische bist?«

Ich lachte leise und legte meinen Kopf auf seine

Schulter. Dank den Kontakten von Ruth hatte ich eine neue Stelle als Controller bei einem lokal ansässigen Unternehmen ergattert und hatte vor ein paar Tagen zusammen mit Chris unsere eigene Mietwohnung in Westerland bezogen. Das Angebot der Pension wurde unterdessen um zwei weitere Zimmer erweitert. Zwar kam durch diese Erweiterung mehr Arbeit auf Chris zu, doch die finanziellen Vorteile würden den Aufwand mehr als wettmachen.

»Das Leben ist manchmal wirklich erstaunlich«, sagte ich. »Aber ich glaube, das alles wäre ohne dich nicht möglich gewesen. Du hast mich auf diese Insel gebracht, in dein Leben gelassen und mir gezeigt, dass es hier genauso ein Zuhause für mich geben kann.«

Chris strich mir sanft über den Rücken. »Vergiss nicht deinen Großvater. Ohne ihn wärst du jetzt nicht hier. Deine Wurzeln hier auf Sylt gehen fast so weit zurück wie meine. Und jetzt beginnt für uns beide ein neues Kapitel – zusammen auf unserer Insel.«

Ich hob den Kopf, nickte und blickte in seine immergrünen Augen, in denen ich die gleiche Entschlossenheit und Liebe sah, die mich das ganze letzte Jahr über getragen hatten. »Ich bin so glücklich, dass wir diesen Schritt gemeinsam machen. Die Pension deiner Mutter, meine neue Stelle … es fühlt sich alles so richtig an. Als ob das unser Schicksal war.«

Chris lächelte und beugte sich vor, um mir einen sanften Kuss auf die Stirn zu drücken. »Ich weiß, dass wir noch viel vor uns haben, aber ich freue mich auf jedes einzelne Abenteuer, das wir gemeinsam erleben werden. Mit dir an meiner Seite weiß ich, dass alles möglich ist.«

Ich schloss die Augen und ließ die Wärme seiner Worte auf mich wirken. In diesem Moment fühlte ich mich vollkommen – als ob das Leben endlich an dem Punkt angekommen war, an dem alles zusammenpasste. Der Strand, das Meer, Chris … das alles war jetzt ein Teil von mir, ein Teil von uns.

»Chris«, sagte ich leise und öffnete die Augen, um ihn anzusehen. »Ich liebe dich.«

Sein Gesicht erhellte sich, und er zog mich noch näher zu sich. »Ich liebe dich auch, Olivia.«

Wir saßen dort, eingehüllt in das warme Licht der untergehenden Sonne, und wussten, dass dies erst der Anfang war – der Anfang eines gemeinsamen Lebens, in dem wir jeden Tag aufs Neue entdeckten, was es bedeutete, wirklich zu lieben und geliebt zu werden. Und während die Seehunde in der Ferne spielten und das Meer leise vor sich hin rauschte, fühlte ich in meinem Herzen, dass wir genau dort waren, wo wir sein sollten.

Danke

Vielen Dank, dass du die Geschichte von Olivia und Chris gelesen hast! Ich würde mich sehr über eine Bewertung auf Amazon freuen! Feedback ist für uns Autoren unendlich wertvoll und ich höre gerne, wie meine Geschichten bei dir angekommen sind!

Folge mir auf Amazon oder melde dich für meinen Newsletter an und verpasse keines meiner kommenden Bücher: danakarlsson.substack.com

Folge mir auch gerne auf Instagram: authordanakarlsson

Lust auf noch mehr Sylt?

Goldherzen, Sylt & Meer

Goldherzen, Sylt & Meer

KLAPPENTEXT

Sonne, Strand und Meer. Eigentlich ein Garant für den perfekten Sommer, doch manchmal lässt das Glück auf sich warten...

Kurz vor dem Sommer bricht für Sarah die Welt zusammen. Zuerst wird sie von ihrem Job gefeuert, dann erwischt sie auch noch ihren Freund mit einer anderen. Um ihrem Kummer und Herzschmerz zu entfliehen, reist sie kurzerhand zu ihrer Tante nach Sylt.

Auf der träumerischen Insel kann sie endlich abschalten und sich in Ruhe auf ihren langgehegten Traum konzentrieren, einen eigenen Krimi zu schreiben. Dumm nur, dass ihr ständig der attraktive Nils über den Weg läuft und sie mit seiner unbekümmerten Art in den Wahnsinn treibt.

Doch der charmante Helfer ihrer Tante sorgt nicht nur für unerwünschte Ablenkung. Als sie sich näher kennenlernen, fühlt Sarah ein Kribbeln wie schon lange nicht mehr und öffnet ihm ihr zerbrechliches Herz. Alles scheint wundervoll, bis eine folgenschwere Entdeckung ihr zartes Glück ins Schwanken bringt...

Folge mit auf die träumerische Nordseeinsel Sylt und erlebe einen sommerlichen Wohlfühlroman mit großen Gefühlen, Warmherzigkeit und Happy-End-Garantie.

HIER GEHTS ZUM BUCH: GOLDHERZEN, SYLT & MEER